Der Autor

Heiko Mittelstaedt – geboren 1971 in der Lüneburger Heide – studierte und lebte mehrere Jahre lang in Wilhelmshaven. Dann zog es ihn beruflich in den Süden Deutschlands. Dort lebt er mit seiner Familie seit mehr als 20 Jahren in der Nähe von Heidelberg. Er verbringt nach wie vor viel Zeit an der Nordseeküste und besucht dabei vor allem oft seine Lieblingsinsel Helgoland. Man findet ihn aber auch auf der griechischen Insel Sámos, die ihm längst zu seiner zweiten Heimat geworden ist. Beide Inseln liefern ihm viel Stoff für seine Geschichten vom und am Meer...

HEIKO MITTELSTAEDT

Die Riesin und der Schatzmeister des Wetters

Bibliografische Information der Deutschen Nationalbibliothek
Die Deutsche Nationalbibliothek verzeichnet diese Publikation in der Deutschen Nationalbibliografie; detaillierte bibliografische Daten sind im Internet über http://dnb.d-nb.de abrufbar.

1. Auflage 2022
Satz und Layout: H. Mittelstaedt
Covergestaltung: H. Mittelstaedt
Bilder Cover: Fotos privat H. Mittelstaedt und C. Reinisch-Mittelstaedt
Bilder im Buch: Fotos privat H.Mittelstaedt und C. Reinisch-Mittelstaedt
www.moerderisch2015.jimdo.com
Herstellung und Verlag: BoD – Books on Demand, Norderstedt
ISBN- 9783753472348

Heiko Mittelstaedt

Die Riesin und der Schatzmeister des Wetters

Sieben (kriminell) spannende Geschichten

Kurzgeschichten

Books on Demand GmbH, Norderstedt

Der Berg

Würden sämtliche Berge der ganzen Welt,
zusammengetragen und übereinandergestellt
und wäre zu Füßen dieses Massivs,
ein riesiges Meer, ein breites und tiefs.
Und stürzte dann, unter Donnern und Blitzen
der Berg in dieses Meer – na, das würd' spritzen!

Heinz Erhardt

Die Handlungen der Kurzgeschichten in diesem Buch sind fiktiv, auch wenn sie teilweise mit dem Verlauf echter Ereignisse verwoben sind. Alle im Buch dargestellten Schauplätze gab (oder gibt) es in der Wirklichkeit und manche der in den Geschichten vorkommenden Personen haben tatsächlich gelebt oder leben sogar noch. Und dennoch: Ihr Handeln, Reden und Denken ist frei erfunden.

Inhalt

(Düne – Helgoland; ©C.R.-M.)

Nordfriesland

Trotz nu, blanke Hans!

D ie große Gestalt stand aufrecht und breitbeinig auf dem 4 Ellen* hohen Holzdeich. Der kräftige Mann stemmte sich mit aller Macht dem stark auffrischenden Wind entgegen und dennoch ließ ihn jeder Windstoß wie einen frisch gepflanzten Baum hin und her schwanken.

Es war früher Nachmittag. Die Sonne versank bereits am Horizont blutrot im Meer und von Land aus zeichneten sich die Umrisse des Mannes deutlich vor dem hellen Hintergrund des Himmels ab.

Nach einem besonders heftigen Windstoß hob die massige Gestalt unvermittelt einen langen Hirtenstab über ihren Kopf und schrie dem tosenden Sturm mit tiefer und vor Überzeugung bebender Stimme energische Worte entgegen.

„So Gott steh' uns bei! Trotz nu, blanker Hans!"

*etwa 2 Meter

Nach diesen gebrüllten Worten wartete der Mann mit noch immer erhobenen Händen angespannt auf eine Reaktion des Himmels und für einen kurzen Augenblick schien es tatsächlich so, als würden die Worte des Mannes ihre Wirkung nicht verfehlen. Der Wind hielt für einen kurzen Moment die Luft an.

Dann aber wurde der Rufer jäh von einer noch heftigeren Windböe erfasst und in hohem Bogen vom aufgeweichten Deich hinuntergeschleudert.

Der Himmel hatte dem Mann ein klares Zeichen gegeben – die Natur hatte mit Urgewalt zurückgeschlagen. Der blanke Hans hatte dem Mann deutlich zu verstehen gegeben, dass ihn die wütenden Worte eines gottesfürchtigen Mannes nicht interessierten.

Am Fuß des Holzdeiches blieb der arg Gebeutelte mit geschlossenen Augen und keuchend auf dem Rücken im Schlamm liegen. Als er sich schließlich ein wenig von dem Schrecken erholt hatte, hob er langsam seine schweren Augenlider und erblickte plötzlich eine kleinen Jungen, der sich über ihn beugte. Der Kleine gehörte zu seinem Kirchenspiel in Rungholt.

„Bist du Moses?", fragte der Kleine leise.

„Wer? Moses? Ich?", stammelte der am Boden liegende Mann verdattert. „Wie kommst du denn darauf? Ich bin es... Ich bin der Priester."

„Ich dachte nur... Na, weil du einen Stock wie Moses hast", entgegnete der Kleine und warf einen schiefen Seitenblick auf den zerbrochenen Hirtenstab des Mannes. „Na ja, du hattest zumindest bis eben einen Stock wie Moses."

Der Priester setzte sich langsam auf und befreite seine kräftigen Hände von Lehm und kleinen Steinen.

„Du bist doch der kleine Nis, oder irre ich mich?"

Der Kleine schüttelte den Kopf.

„Nein."

„Du bist nicht Nis?", fragte der Priester erstaunt.

„Nein, du irrst dich nicht... Ich bin Nis."

„Ah, danke… Nun, kleiner Nis, wäre ich Moses, müsste ich den Herrn nicht um unseren Schutz bitten und den blanken Hans nicht anschreien, oder?"

Der Kleine schüttelte erneut den Kopf.

„Nein, Priester, dann würdest du den bösen Wellen mit deinem Stock Einhalt gebieten und sie teilen."

„Die Wellen teilen?", hakte der Priester erstaunt nach. „Warum sollte ich die Wellen teilen? Ist etwa der Pharao hinter uns her?"

„Nein, aber dann könnten wir trockenen Fußes über die Flussmündung nach Pellworm gelangen", gab der Kleine schelmisch grinsend zurück und zeigte in Richtung Pellworm, das auf der anderen Seite des Heverflusses lag. „Dort säuft sich gerade mein Vater zu und Mutter braucht ihn so dringend, um das Haus sturmfest zu machen."

Die Priester nickte dem Jungen verständnisvoll zu.

„Ja, genau das ist Problem mit euch einfachen Leuten. Ihr sauft und vernachlässigt eure Pflichten!", flüsterte er leise, doch nicht leise genug.

„Ich saufe nicht und ich bete jeden Abend das Vaterunser!", erwiderte der Kleine entrüstet.

„Tut mir leid, Nis... Ich wollte dich nicht kränken", entschuldigte sich der Priester und hielt dem Jungen seine rechte Hand entgegen „Jetzt hilf einem alten Mann wieder auf die Beine."

„Du bist viel jünger und viel kräftiger als mein Vater", antwortete der Kleine und half dem Gottesmann gleichzeitig beim Aufstehen. „Du bist nicht alt."

„Danke... Ich bin in der Tat nicht alt und ich bin nüchtern und gottesfürchtig. Doch geholfen hat mir das gerade eben leider auch nicht", seufzte der Priester und klopfte sich den gröbsten Dreck von den Kleidern.

Dann stopfte er sich das heraushängende und von Schlamm triefende Holzkreuz zurück unter seinen Wams und warf einen letzten Blick auf seinen zerbrochenen Hirtenstab.

„Lass uns die Abkürzung durch den Wald nehmen und schnell zurück nach Rungholt gehen, Nis. Hier wird es bald sehr gefährlich sein. Wir können hier am Deich nichts mehr tun. Der Sturm wird uns heute Nacht übel mitspielen."

„Bringst du mich nach Hause, Priester?"

„Ja", bestätigte der Priester und legte seinen Arm schützend um den Jungen. „Und wenn wir da sind, werde ich deiner Mutter helfen, euer Haus sturmfest zu machen. Los jetzt!"

Den ganzen Weg zurück in die Stadt dachte der Priester an das lasterhafte Leben seiner Schäfchen. Die Rungholter waren reiche Leute. Ihr Deich war mittlerweile doppelt so hoch, wie die Deiche im Umland. Doch mit jeder Elle Deicherhöhung war ihr Glaube an Gott mindestens um zwei Ellen kleiner geworden.

Mit viel Geschick hatten sie dem Meer vor dem Bau des Deiches viel fruchtbares Land abgetrotzt und darauf schließlich eine Kirche gebaut. Das hatte ihnen zwar viel Respekt und die schönste Kirche und den höchsten Deich Frieslands eingebracht, doch sie gleichsam auch lasterhaft und überheblich werden lassen.

Überheblichkeit war sehr gefährlich, denn das Meer war seit jeher ein starker Gegner des Menschen. Meist gewann es jeden Kampf, doch wenn ein Wettstreit einmal verloren ging, war das Meer durchaus auch ein gerechter Verlierer.

Das galt allerdings meist nur für eine kurze Zeit, denn das Meer vergaß niemals eine Niederlage. Und immer dann, wenn sich die Menschen ihrer Sache zu sicher und nicht mehr gottesfürchtig und aufmerksam genug waren, holte es sich zurück, was es zuvor verloren hatte. Immer! Und immer gewann es dann dieses letzte Gefecht...

Im Grunde hatte der kleine Nis Recht gehabt, als er ihn vorhin mit Moses verglichen hatte. Zwar war es nicht sein Bestreben, die Bewohner der

Stadt ins gelobte Land zu führen. Oh, nein, ganz sicher nicht!

Dennoch sah er es seit Monaten als seine Aufgabe an, die liederlichen Rungholter mit jeder seiner Predigten zurück zur Ordnung zu rufen und sie an den Bund mit dem Herrn und vor allem an den Pakt mit dem Meer zu erinnern – wenigstens die Frauen und Kinder, die so hingebungsvoll an seinen Lippen hingen, wie die Männer an ihren Humpen mit Wein und Bier.

Dabei schien ihm eine klitzekleine Plage zur Unterstützung seines Vorhabens durchaus nützlich zu sein. An ein gewaltiges Unwetter hatte er dabei jedoch nicht gedacht, vielleicht eher an eine kleine Maikäferplage oder etwas Ähnliches.

Leider hatte Gott der Herr andere Pläne für Rungholt, was aber niemand ahnte. Nicht einmal er als Diener Gottes hatte den Hauch einer Ahnung, dass der Herr in diesen Stunden ein mörderisches Unwetter von biblischem Ausmaß auf die

Küste zurasen ließ. Der Stadt Rungholt stand weit mehr als nur eine kleine Krabbelkäferplage bevor.

*

Die Arbeit am Haus von Nis Familie war dem Priester schnell von der Hand gegangen. Die Einladung der Mutter, auf ein kurzes Nachtmahl zu bleiben, hatte er dankend abgelehnt.

Der Wind war immer stärker geworden und er wollte das Unwetter nicht bei Fremden aussitzen. Außerdem war seine Kirche ein geschützter Rückzugsort für die Bewohner der Stadt. Er wollte für sie da sein, wenn die Türen für die Schutzsuchenden geöffnet werden mussten.

Der Priester wollte sich gerade zur Ruhe begeben, als ihn ein heftiges Klopfen an der Kirchentür von seinem Vorhaben abbrachte. Waren bereits die ersten Hilfesuchenden da?

Er öffnete die schwere Holztür der Kirche einen Spalt breit und schloss für den Bruchteil eines Augenblicks genervt die Augen. Vor ihm im Regen standen drei triefnasse Männer, die für ihr unheiliges Leben mehr als bekannt waren. Der jüngste von Ihnen, ein aufgedunsener Säufer mit dem vollkommen unpassenden Namen Falke war zum Redner auserkoren worden.

„G, g, g... Guten Abend, Priester", stotterte Falke leise.

>>*Ausgerechnet der Stotterer*<<, dachte der Priester und schlug schnell ein Kreuz, um sich beim Herrn für seinen unchristlichen Gedanken zu entschuldigen. Ihn beschlich ein unangenehmes Gefühl.

„Was wollt ihr von mir? Sucht ihr Schutz?", fragte er misstrauisch in die Runde.

„D, d, d, du musst sch, sch, sch, schnell kommen, Priester!", brabbelte Falke und seine gelallten Worte waren wegen des Sturms kaum zu verstehen.

„Um Himmels Willen! Wohin soll ich bei diesem Sturm kommen?", schrie der Priester gegen den starken Wind an. „Jeder Gang vor die Tür ist gefährlich und kann der Letzte sein!"

„Z, Z, Z, Zu Hauke. Dem Metzger ist beim Schlachten einer Sau das Beil abgerutscht... Hauke ist hin, Priester!"

„Der Metzger ist tot?", hauchte der Priester entsetzt. „Wer schlachtet denn bei diesem Wetter eine Sau?"

„E, e, e, er wollte vor dem großen Sturm noch was Gutes essen."

„Ja, und jetzt ist er tot!"

„N, n, n, nein, Priester, er röchelt noch und will sein letztes Abendmahl haben."

Der Priester nickte.

„Ich verstehe... Heute gibt es beim Metzger Oblaten statt Schweinebraten... Sehr schön!"

Das sah diesem Säufer und Spieler ähnlich. Keinen Fuß hatte Hauke bisher in die Kirche gesetzt, aber jetzt forderte er wie selbstverständlich die letzte Ölung vom Priester und das heilige Abendmahl.

>>Na, wie auch immer<<, seufzte er innerlich. >>Es ist meine Aufgabe, den Menschen mit dem letzten

Abendmahl den Weg in den Himmel zu bahnen oder –

wie im Fall Hauke – zumindest eine letzte Stärkung auf

dem beschwerlichen Pfad hinunter in die Hölle mitzu-

geben... Leider auch bei einem Mistwetter wie heute.<<

„Gut, Männer, auch dem Metzger Hauke soll Gottes Gnade zu Teil werden. Möge er durch mich ins Reich Gottes kommen", sprach er schließlich feierlich, auch wenn er das glatte Gegenteil für Haukes Seele befürchtete und den Teufel bereits das heiße Wasser zuzubereiten sah. „Ich ziehe mir nur schnell was Wasserfestes über", sagte er laut und fügte leise hinzu. „Ich will heute Nacht nicht auch noch zum Teufel gehen wie der Metzger."

*

Die Männer führten den Priester durch die dunklen Straßen Rungholts direkt in das Haus und weiter in die spärlich beleuchtete Schlafkammer des Metzgers. Dem Priester schwante im schummerigen Kerzenlicht endgültig Übles, als er in die feist grinsenden Gesichter der vielen Anwesenden blickte.

Zwar lief ihm pausenlos das Regenwasser aus den klatschnassen Haaren in die Augen und nahm ihm bisweilen die Sicht, dennoch bemerkte er sehr wohl das gehässige Grinsen der ungewöhnlich vielen Männer und Frauen in der Kammer des sterbenden Metzgers. Und auch das vereinzelte Kichern der Leute war auch nicht zu überhören.

„Was soll das? Was wollt ihr von mir?", fragte er mit harter Stimme in die Runde.

„Die arme Sau braucht die letzte Ölung, Priester", krächzte jemand aus dem Dunkel heraus. „Du bist doch hier im Ort der Mann Gottes. Mach' dich frisch ans Werk, Priester."

„So spricht man nicht in Gegenwart des Todes!", raunzte der Priester den frechen Sprecher an. „Hier liegt ein Mann im Sterben. Mit dem Tod treibt man keine derben Späße!"

„M, m, m, mit dem Tod sicher nicht, mit einem P, P, P, Priester aber schon", stellte Falke belustigt fest.

„Was soll das heißen?", fauchte der Priester wütend. „Was geht hier vor in Gottes Namen?"

Keiner der Anwesenden antwortete ihm. Irgendjemand hob jedoch die verlauste Bettdecke des verletzten Mannes an. Auf den ersten Blick hatte es den Anschein, als läge da ein Mann, denn unter der Bettdecke schaute ein Kopf hervor, der eine Schlafmütze trug.

„Tritt heran, Pfaffe, und gib' der armen Sau die letzte Ölung!", forderte ihn eine dürre Frau auf, die der Priester nie zuvor in seinem Leben gesehen hatte.

„Gib' mir eine Kerze, Falke!", befahl der Priester dem Stotterer. Die Kerze wurde ihm gereicht und nun konnte er einen genauen Blick auf den Sterbenden werfen. Dem Priester stellten sich beim Anblick des Gesichts die Nackenhaare auf.

„Herr im Himmel!", entfuhr es ihm. „Das ist nicht Hauke, ihr Halunken! Ihr habt eine betrunkene Sau in sein Bett gelegt und mich bei diesem

Wetter aus der sicheren Kirche hierhergelockt? Was soll das, Leute?"

„Wir haben das getan, weil wir es können, Priester!", zischte eine Stimme, die eindeutig dem noch lebenden Metzger gehörte und der sich jetzt auch aus der Menge löste und mit verschränkten Armen angriffslustig vor den Priester trat. Dieser hätte ihn mühelos mit einem einzigen gezielten Hieb zu Boden schlagen können, doch die Gegner waren in der Mehrzahl.

„Schäm' dich, Hauke!", rief der Priester streng. „Du versündigst dich gegen den Herrn. Ich werde jetzt gehen. Lass' mich vorbei!"

„Das ist deine ganze Reaktion? Nichts als leere, gottesfürchtige Worte?", lautete die lapidare Antwort.

„Lass' mich gehen, Hauke!", knurrte der Priester. „Die Schutzsuchenden brauchen heute Nacht jemanden, der sie in die Kirche lässt."

„Die Leute können die Kirchentür auch ohne deine Hilfe öffnen. Du wirst nirgendwo hingehen!

Du kannst uns allen gestohlen bleiben mit deinem scheinheiligen Geschwafel, Priester!", knurrte ihn der Metzger an. „Seit Wochen predigst du in der Kirche Wasser und säufst zu Hause vermutlich den Messwein aus. Unsere Frauen und Kinder sind schon ganz verwirrt von dem dummen Zeug, das du auf der Kanzel faselst!"

„Außer beim heiligen Abendmahl trinke ich keinen Wein, Metzger."

„Das ist schön für dich, du Scheinheiliger!", fauchte Hauke den Priester an, der dabei dessen fauligen Atem zu riechen bekam.

„Hauke", versuchte es der Priester mit beschwichtigenden Worten. „Lass' uns wie vernünftige Männer miteinander reden... Ich versuche nur, euch alle zu retten, Hauke! Ihr führt seit langem ein lasterhaftes Leben! Ihr versündigt euch in einem fort an den heiligen Worten des Herrn und ihr vergesst dabei zugleich die Unbillen des Meeres!"

„Wir vergessen das Meer, sagst du?"

„Ja, leider, Hauke."

„Hör' gut zu, Priester, wir sind Fischer und Bauern. Wir leben seit Generationen am und mit dem Meer! Bist du tatsächlich ein Mann Gottes oder nur ein Götzendiener, der es mehr mit dem Teufel oder mit Neptun hält, als mit dem lieben Gott im Himmel?"

„Ich bin ein Mann Gottes, Hauke!", entgegnete der Priester. „Und in der Bibel steht geschrieben: Das Wasser unter dem Himmelsgewölbe soll sich alles an einer Stelle sammeln, damit das Land hervortritt. So geschah es. Und Gott nannte das Land Erde, die Sammlung des Wassers nannte er Meer... Gott hat das Meer geschaffen!"

Der Metzger begann schallend zu lachen.

„Ja, so steht es in deiner verdammten Bibel, die nur du lesen kannst! Wir müssen deine Worte glauben..."

„Ich lüge nicht!", fuhr der Priester den Metzger wütend an.

„Quatsch mir gefälligst nicht dazwischen!",
schrie Hauke und schlug dem Priester mit dem
Handrücken ins Gesicht. „Halt dein verdammtes
Maul! Nach deiner verfluchten Bibel mag Gott das
Meer geschaffen haben, doch wir Friesen schufen
die Küste!"

Die Priester wischte sich das Blut von der aufge-
platzten Unterlippe und sackte entmutigt in sich
zusammen, als sämtliche Anwesenden in das
schallende Gelächter des Metzgers einstimmten.
Als dieser seine Hand hob, verstummten die Leute
jedoch sofort. Es wurde mit einem Schlag totenstill
in der Kammer.

„Dein Gott kann uns mal, Priester! Halte dich ab
sofort aus unserem Leben raus! Feiere deine Mes-
sen, aber verschone uns alle mit deinen Predigten."

Der Priester richtete sich auf und schaute dem
Metzger tief in die Augen..

„Ich kann das ich nicht tun, Hauke... Ich verkün-
de Gottes Wort... Ich...", versuchte er zu erwidern,

wurde aber von Hauke erneut barsch unterbrochen.

„Das war keine Bitte, Priester!", raunzte Hauke den Priester scharf an. „Wir tun ab sofort unser Ding und du tust deine Dinge. Ist das klar, oder willst du mir auch deine andere Wange hinhalten?"

„Wenn dir das hilft?", gab der Priester zurück.

„Das Angebot nehme ich dankend an", lachte der Metzger und schlug dem Priester unvermittelt mit der Faust ins Gesicht. Blut spritzte, als die Fingerknöchel die Nase des Priesters hart trafen.

Der Priester schüttelte benommen den Kopf. Er schloss für einen Moment die Augen. Dann öffnete er sie wieder und blickte seinem Peiniger erneut direkt in die Augen.

„Ihr begeht allesamt eine weitere Sünde!"

„Wen interessiert das?", antwortete Hauke grinsend.

„Gut, ihr lasst mir keine andere Wahl", sagte der Priester ruhig und wischte sich erneut das Blut aus dem Gesicht.

„Nein, du hast wahrhaftig keine andere Wahl!", lachte Hauke.

„Lass' mich ausreden!", fauchte ihn der Priester an. „Ihr lasst mir keine andere Wahl, als den Herrn zu bitten, sich um euer lasterhaftes Tun höchstpersönlich zu kümmern."

Der Metzger lachte schallend auf.

„Aber natürlich! Der Herr wird sein Angesicht auf uns werfen und uns nicht mehr gnädig sein…"

„Der Herr wird mich erhören und er wird machen, was auch immer er für richtig hält, Hauke."

„Ja, was auch immer der Herr für richtig hält… Ich halte es zumindest für richtig, wenn du heute Nacht zur Abwechslung mal Wein predigst und auch Wein säufst!"

„Wie bitte?", hakte der Priester verwirrt nach.

„Du verstehst mich gut, Priester."

„Ich verstehe kein Wort, Hauke."

„Wir werden zusammen saufen gehen, Priester! Allerdings wirst du nicht allein in deinem trauten Heim den Messwein saufen, sondern zusammen mit mir in unserer besten Schenke, die unsere schöne Stadt zu bieten hat. Vielleicht finden sich dort auch ein paar Mägde, die gerne eine neue Seel' vom Priester eingehaucht bekommen wollen... Wir werden sehen!", lachte der Metzger erneut schallend.

„Was habt ihr mit mir vor?", fragte der Priester entsetzt.

„Wir wollen feiern und gemeinsam mit dir dem blanken Hans trotzen, der uns auch heute Nacht nicht bekommen wird! Lasst uns gleich hier mit dem Fest beginnen!"

*

Die Männer gossen in der Schlafklammer des Metzgers jede Menge Bier über die Hostien, die der Priester zur letzten Ölung des vermeintlich dahinsiechenden Metzgers mitgebracht hatte.

Dann packten sie ihn und hielten ihm die Getränkten Brotstücke unter die Nase. Als er sich weigerte, sie zu essen, wurde er erneut geschlagen. Schließlich gab er seinen Widerstand auf und die Männer fütterten ihn mit den getränkten Oblaten.

Außer beim heiligen Abendmahl hatte der Priester nie zuvor im Leben Wein oder gar Bier getrunken oder in anderer Form zu sich genommen. Schnell setzte die berauschende Wirkung ein.

Er fing an, in den Händen seiner Peiniger zu schwanken und seine Sinne spielten verrückt. Zuerst hörte er immer schlechter und schließlich wurde er beim Sprechen immer lauter.

„Lasst mich doch gehen, Männer", bettelte er laut lallend. „Ich werde euch ab sofort in Ruhe lassen. Versprochen... Großes Priesterehrenwort..."

„Das kannst du vergessen, Priester. Heute wird in Rungholt zu Gunsten des Herrn ein Fass aufgemacht! Sauf' das hier aus!", grölte Hauke, der bereits mehrere Humpen Bier in sich hinein gekippt hatte und dem Priester jetzt ebenfalls einen gefüllten Humpen hinhielt. „Sauf' aus, damit wir endlich in die Spelunke am Hafen gehen können!"

Dem Priester blieb keine andere Wahl, als der Aufforderung des Grobians nachzukommen

„Gehen wir!", schrie die Menge. Als er endlich ausgetrunken hatte, schoben sie den wankenden und nur noch halb angezogenen Priester hinaus in die stürmische und regnerische Januarnacht.

Das Geschehen in der dreckigen Spelunke im Hafen erlebte er wie im Fieberwahn. Immer wieder tauchten gefüllte Humpen mit Bier vor ihm auf, leere Humpen wurden ihm aus der Hand gerissen. Männer mit faulen Zähnen und schlechtem Atem lachten ihn höhnisch an, während sich hübsche Frauen an seinen Kleidern zu schaffen machten.

Irgendwann reichte es dem Priester. Mit einem Ruck riss er sich von seinen betrunkenen Bewachern los und bahnte sich wild um sich schlagend einen Weg ins Freie.

Er bemerkte auf seinem Weg zum Meer den eisigen Sturm kaum, der ihn immer wieder von den Beinen riss. Jedes Mal stemmte er sich mit aller Kraft in die Höhe und lief torkelnd weiter. Er kam erst auf der Deichkrone wieder zu sich.

Der stark angeschlagene Priester hob den Kopf und sah mit Entsetzen die riesigen Wellen, die auf das Land zuliefen und die dann mit großer Gewalt gegen den aufgeweichten Holzdeich schlugen. Die eiskalte Gischt peitschte ihm um die Ohren. Seine Wut auf die Rungholter war gewaltig!

Er hatte auf einen Schlag seine Gefühle nicht mehr unter Kontrolle. Und als er zu seiner eigenen Überraschung bemerkte, dass er einen langen Holzstab in der Hand hielt, ging es endgültig mit ihm durch.

„Herr, bestrafe diese Sünder für ihr lasterhaftes Tun! Ich lege mein Schicksal und das Schicksal der Stadt Rungholt in deine Hände. Amen!", schrie er mitten in den tosenden Sturm hinein und seine

Worte wurden ihm dabei förmlich von den Lippen gerissen.

Kaum hatte er das letzte Wort aus sich herausgepresst, herrschte auf einen Schlag absolute Windstille. Das Meer beruhigte sich ein wenig und die Luft um ihn herum wurde frühlingshaft warm. Ein helles Licht schwebte über ihm.

Schwer atmend fiel der Priester auf die Knie und begann zu beten.

>>*Vater unser im Himmel. Geheiligt werden dein Name. Dein Reich komme. Dein Wille geschehe...*<<, nuschelte er und weiter kam er nicht, denn er spürte plötzlich ein leichtes Zupfen an seinem Arm. Er kam zu sich und als er sich zur Seite drehte, sah er sich erneut dem kleinen Nis gegenüber. Es war stockdunkel, kein Licht weit und breit.

„Wir müssen gehen, Priester", sagte der Junge vollkommen ruhig und nahm ihn bei der Hand. „Da draußen braut sich ein gewaltiges Unwetter zusammen und du bist klatschnass."

Die Priester nickte schwach.

„Ja, Nis, wir müssen schnell fort von hier. Ich habe etwas Schreckliches getan, mein Junge!", krächzte er und seine Augen füllten sich mit Tränen.

„Das war unvermeidlich und ist nicht mehr zu ändern, Priester."

„Vermutlich nicht..."

„Meine Mutter wartet auf uns. Sie geht mit uns fort. Komm Priester, es wird Zeit."

„Ja, ich komme...", hauchte der Priester und stand auf.

*

Ein halbnackter Mann, eine zierliche Frau und ein zarter Junge standen auf einer Anhöhe nahe des Kirchenspiels in Trindemarsch. Von dort aus sahen sie eine riesige Welle auf die Küste und auf Rungholt zukommen, deren Höhe alles übertraf, was sie jemals zu Gesicht bekommen hatten – die Sintflut! Rungholt war verloren!

Kurz bevor das Wasser sie von den Beinen reißen konnte, wurden sie von kräftigen Händen gepackt und in die Schutzkirche mit ihren meterdicken Mauern gezogen. Das Zuschlagen der massiven Eichentür wurde vom Donnern der Wassermassen übertönt. Dann war es mit einem Schlag ganz still. Das Meer hatte das letzte Spiel wieder einmal gewonnen.

Der liebe Gott schuf das Meer und das Meer die Küste...

Meine Geschichte: Das in der Geschichte dargestellte Unheil brach am 16. Januar 1362 über die reiche Handelsstadt Rungholt herein. Ein Orkan drückte damals gewaltige Wassermassen an die Küste Nordfrieslands.

Die knapp 2 Meter hohen Holzdeiche konnten dieser Urgewalt nichts entgegenhalten. Die Deiche brachen und die Insel Strand riss auseinander.

In der „groten Mandränke" versanken mit Rungholt viele weitere Dörfer mit Mann und Maus für immer in der Nordsee.

(Leuchtturm Düne – Helgoland; ©C.R.-M.)

Helgoland

Der Blindgänger

Oder: Aller guten Dinge sind mehr als drei

E s war kurz nach 23 Uhr und noch immer lagen die Temperaturen an diesem Augustabend irgendwo in den Zwanzigern. Nirgendwo in Deutschland würde das im Hochsommer jemanden kümmern, doch hier auf Helgoland war sowas durchaus etwas Besonderes. Im Normalfall kletterten die Temperaturen im Sommer nämlich durchschnittlich auf höchstens 17 Grad.

Tjark Caspar Janssen wischte sich mit einem, sich langsam in Wohlgefallen auflösenden, Papiertaschentuch die klatschnasse Stirn ab und atmete tief durch.

>>*Heiliges Kanonenrohr!*<<, dachte er entsetzt. >>*Ich muss dringend abnehmen! Als Kind hätte ich mich bei diesem Wetter höchstens vor Freude nass ge-*

macht. Jetzt werde ich klatschnass, weil ich zu fett bin.<<

Der gebürtige Helgoländer war sonst eher hart im Nehmen. Er war es gewohnt, dass auf der Insel ab April der Sommer befohlen wurde.

Ab April trugen waschechte Helgoländer bis Anfang Oktober durchweg kurze Hosen, T-Shirt und Gummilatschen. Und zwar ganz gleich, ob der kalte Regen waagerecht über die Insel peitschte, oder die Sonne vom wolkenlosen Himmel lachte.

Seit Janssen nach dem Realschulabschluss vor 30 Jahren seiner Heimatinsel und seiner Familie aus den verschiedensten Gründen den Rücken gekehrt und zum Jobben aufs Festland nach Schleswig-Holstein gegangen war, machten ihm bei einem Aufenthalt auf der Insel solche Wetterkapriolen von Jahr zu Jahr mehr zu schaffen.

>>Ich hab's ja kapiert, Helgoland! Das ist meine Strafe für mein Verschwinden.<<

Und so stand er jetzt schwitzend in der Nähe der *Bunten Kuh* am Rand des kleinen Hafenbeckens und ließ rauchend das sommerliche Nachtleben auf sich wirken.

Heute Abend war tatsächlich ordentlich was los auf der Insel. Kein Wunder, denn Blaulicht und Martinshorn lösten auf einer sonst eher ruhigen Nordseeinsel – und dort erst recht – den Herdentrieb neugieriger Menschen aus.

Auf der *Hafenstraße* sah Janssen Horden von Menschen, die zur *Bunten Kuh* strömten, auf der Straße *Am Südstrand* kamen sie gleichfalls in Scharen angelaufen und selbst den steilen *Invasorenpfad* ließen ganz Wagemutige im Sprint hinter sich, um sich zu den anderen Gaffern vor dem bekannten Lokal zu gesellen.

Über all dem Gewimmel lag ein würziger Duft nach salzigem Meerwasser und sogar nach Gebratenem und von überall her drangen leise Wortfetzen an sein Ohr.

>>*Tja, dass hier könnte ein wahrer Sommertraum sein*<<, dachte Janssen versonnen. >>*Schade nur, dass keiner von den Touristen was davon hat, denn in*

die Bunte Kuh darf heute Abend außer mir keiner mehr rein!<<

Die *Bunte Kuh* war normalerweise täglich das Ziel vieler Menschen, die sich auf der Insel aufhielten. Das Lokal war daher eigentlich immer voll. Kein Wunder, denn das urige Restaurant am Binnenhafen bot ordentliches Essen zu ordentlichen Preisen an, wobei Janssen unter dem Begriff „ordentlich" reichhaltig und erschwinglich verstand.

Heute Abend war reichhaltiges und erschwingliches Essen im Restaurant aber leider nicht mehr möglich, obwohl der Laden noch bis Mitternacht geöffnet hatte. Heute gehörte der Rest des Abends der Helgoländer Polizei, einem Arzt vom Inselkrankenhaus und ihm – Kommissar Tjark Caspar Janssen von der Kriminalpolizeistelle in Heide. Es hatte einen Toten gegeben und er „durfte" ermitteln.

>>*Mist! Schöner Urlaub<<,* brummte Janssen leicht übellaunig. >>*Aber einmal Bulle, immer Bulle!<<*

Auf den ersten Blick wirkte rund um das Lokal alles wie an einem ganz normalen Freitagabend im Hochsommer. Allerdings nur, wenn man die blinkenden Lichter des Rettungswagens und des Streifenwagens, die beide mit offenen Türen vor der riesigen Kunststoffkuh – dem Erkennungszeichen des Restaurants – standen und das bunte Rindvieh psychedelisch beleuchteten, ignorierte.

Zaungäste gab es mittlerweile massig. Aber alle wurden durch knatternd im Wind flatterndes Absperrband und den beiden emsigen Kollegen von der Helgoländer Polizeistation am Betreten des Lokals gehindert.

Janssen warf seine fast aufgerauchte Kippe ins leise plätschernde Hafenwasser und betrat die Hafenstraße. Er überquerte gemütlichen Schrittes die schmale Straße, die die Hummerbuden vom Hafenbecken trennte, grüßte die ihm bekannten Kollegen vom Helgoländer Polizeiposten mit einem kurzen Kopfnicken und stieg unter den Augen der zahlreichen Gaffer unelegant unter dem Absperrband hindurch.

Er betrat das Lokal und stellte sich hinter den jungen Notarzt, der gleich hinter dem Eingang neben einem halb nackten und ziemlich toten, herkulesähnlichen Adonis hockte, dessen geölte und langen, schwarzen Haare im eigenen Erbrochenen lagen.

Angewidert fuhr sich Janssen mit der flachen Hand über das Gesicht.

>>*Igitt!*<<, dachte er schaudernd. >>*Werde ich hier je wieder das Schollenfilet mit Eismeerkrabben essen können?*<<

Er schüttelte sich und räusperte sich dann vernehmlich.

„Und? Was haben wir hier?", fragte er den jungen Arzt, der erschreckt zusammenzuckte und zu ihm aufblickte.

„Um Himmels Willen! Wer sind denn Sie, wenn ich fragen darf?", erkundigte sich der junge Mann irritiert.

Janssen kramte umständlich seinen Dienstausweis aus der Gesäßtasche seiner Jeanshose hervor und hielt sie dem Mediziner unter die Nase.

„Kommissar Janssen, Kriminalpolizeistelle Heide", stellte er sich artig vor.

„So schnell aus Heide hierher? Wie haben Sie denn das geschafft?", fragte ihn der Arzt erstaunt.

„Nein, kleiner Trick… Ich war schon auf der Insel", gab Janssen zurück.

„Ach, schickt man die Kripo jetzt schon vorsorglich hierher?"

Janssen schüttelte den Kopf.

„Nein, aber da wo ich bin, gibt es früher oder später immer Mord und Totschlag! Glücklicherweise gibt es Gesprächstherapien für Leute, die mit mir Umgang haben. Das sollten Sie sich für die Zukunft merken."

„Sie machen mir Spaß, Herr Kommissar", erwiderte der junge Mann trocken. „Sie sind nicht zufällig Helgoländer, oder etwa doch?"

„Das war kein Scherz, Herr Doktor", legte Janssen nach. „Und ja, ich bin tatsächlich gebürtiger Helgoländer."

„Das dachte ich mir", konterte der Arzt. „Sind Sie auf Heimatbesuch?"

„Nein, ich bin hier im Urlaub", gab Janssen zerknirscht zu.

„Tja, jetzt wohl nicht mehr", sagte der Arzt trocken und streckte Janssen die behandschuhte Hand entgegen. „Ich bin Dr. Hildebrand."

Janssen verzog beim Anblick der verschmierten Handschuhe angewidert das Gesicht.

„Das lassen Sie mal lieber sein, Herr Doktor", sagte er und hob mit einem schrägen Seitenblick auf den vollgespuckten Toten und die verschmierten Handschuhe des Arztes abwehrend beide Hände.

„Oh, sorry, dumme Sache mit der mühsam anerzogenen Höflichkeit."

Janssen nickte wohlwollend und betrachtete den Toten eingehend.

„Der sieht übel aus… Was haben wir hier denn rumliegen?"

„Das sieht auf den ersten Blick nach einem AMI aus", antwortete der Angesprochene sachlich.

„Einen was haben wir hier – einen AMI?", fragte Janssen nach.

„Ja, ein AMI… Ein AMI ist ein akuter Myokardinfarkt, Herr Kommissar – ein Herzinfarkt."

Janssen nickte wortlos, kniff die Augen zusammen und musterte den Toten erneut aufmerksam.

„Jau, wenn Sie das sagen", gab er schließlich zurück. „Wenn ich Sie also richtig verstehe, haben wir es hier mit einem natürlichen Tod zu tun?"

Der Doktor schüttelte den Kopf.

„Ich sagte nichts von einem natürlichen Tod, Herr Kommissar."

„Ach, nicht?", fragte Janssen verwirrt. „Aber Sie sagten doch eben etwas von einem Herzinfarkt, oder irre ich mich?"

Der Arzt lächelte Janssen milde und fast ein wenig von oben herab an, was ihn bei Janssen auf der Stelle ein paar Sympathiepunkte kostete.

„Vor uns liegt ein junger und muskelbepackter Kerl in seinem Erbrochenen, der allem Anschein nach an einem profanen Herzinfarkt gestorben ist. Das ist aus meiner Sicht irgendwie nicht natürlich, oder wie sehen Sie das?"

Janssen nickte zögerlich.

„So wie Sie das sagen, klingt das in der Tat nicht natürlich, Herr Doktor… Und nun?"

„Ich werde den Toten solange in die Kühlung vom Krankenhaus stecken, bis Ihre Kollegen von der Spurensicherung und der Gerichtsmediziner vom Festland kommen… Und in der Zwischenzeit verhaften Sie den Mörder."

Janssen riss die Augen auf und schnappte nach Luft.

„Wie bitte? Ich soll den Mörder verhaften?", entfuhr es ihm. „Den Mörder von wem soll ich denn verhaften?"

„Na, den Mörder von Frank Lorenz, Wohnhaft in Cuxhaven, Alter 35 Jahre, Amateurboxer", gab der Arzt sachlich zurück und zeigte auf den Toten vor ihm.

Janssen stieß einen leisen Pfiff aus.

„Wow, Sie leisten ja ganze Arbeit, Herr Doktor."

„Danke, das mache ich immer, Herr Kommissar."

„Woher wissen Sie, dass der Tote Amateurboxer war? Und woher kennen Sie den Namen? Kannten Sie den Mann oder stand das alles auf der Leiche?"

„Nee, ich habe bei seinen Ausweispapieren auch seinen Mitgliedsausweis vom SV Rot-Weiss Cuxhaven gefunden."

„Haben Sie etwa die Brieftasche durchsucht und angefasst?", schnaubte Janssen aufgebracht.

Der Arzt hob beschwichtigend die Hände.

„Nein, um Gottes willen!", rief er. „Das ist alles beim Entkleiden des Toten aus der Hosentasche gefallen. Ich habe es mit sauberen Gummihandschuhen angefasst und in eine Plastiktüte gelegt."

Janssen pfiff erneut leise.

„Wow! Lernt man das heute an der Uni?"

„Nö, mein Papa ist bei der Kripo in Mannheim."

„Ah, ein Kollege. Wo arbeitet ihr Vater? Bei der Mordkommission?"

„Nein, er ist dort im Polizeipräsidium der Hausmeister!", sagte der Arzt. „Aber er liest in seiner Freizeit viele Krimis und kommt im Haus rum. Da lernt man ordentlich was dazu."

„Und unsereins hat jahrelang die Schulbank gedrückt und ist in Kiel Streife gefahren."

„So ist das Leben, Herr Kommissar."

„Ja, so ist wohl das Leben… Sie halten den Tod des jungen Boxers also ganz sicher für einen unnatürlichen Tod? Warum kann es denn kein simpler Herzinfarkt sein?"

Der Arzt machte eine Kunstpause, bevor er zu einer Erklärung ansetzte.

„Weil es zu einfach wäre… Im Grunde war der Mann ein Traumkandidat für Gevatter Tod. So wie der gebaut ist, dürfte er Steroide bis zum Abwinken intus haben. Ein Herzinfarkt war also das Mindeste, was er todesmäßig in seinem Leben zu erwarten hatte."

„Nun, das scheint ja auch geklappt zu haben, Doktor."

„Es war aber ganz sicher kein Herzinfarkt, Herr Kommissar… Der Mann wurde ermordet!"

„Was mich zurück zu meiner Ausgangsfrage bringt… Woher wissen Sie das?", hakte Janssen ungläubig nach. „Hat der Tote zu Ihnen gesprochen?"

„Die Toten sprechen immer mit mir… Ich bin mir dessen aber sicher, denn der mutmaßliche Mörder sitzt gleich da hinten am anderen Ende vom Tresen", gab der Arzt gelassen zurück und zeigte auf eine zusammengekauerte Gestalt in einem abgetragenen Bundeswehr-Sportanzug.

Janssen riss die Augen auf.

„Was?", rief er laut. „Der Typ da drüben?"

„Ja, als ich hier ankam brabbelte der Mann ständig immer wieder laut vor sich hin, dass er den Boxer umgebracht hätte und so."

„Klar, das sind natürlich unbestechliche Beweise!", erwiderte Jansen grinsend. „Aber ich glaube im Leben nicht, dass der schmächtige Typ da hinten den riesigen Kerl da unten umgelegt hat."

Jetzt war es an dem jungen Arzt, erstaunt die Augen aufzureißen.

„Und warum nicht?", fragte er. „Woher nehmen Sie diese Gewissheit?"

„Der Typ da hinten ist Hannes Gerber. Der hat schlichtweg nicht alle Latten am Zaun", sagte Janssen trocken.

„Oh, die Polizei, dein Freund und Helfer."

Janssen winkte energisch ab.

„Hören Sie, Doktor, ich nehme alle Aussagen ernst… Aber Gerber ist erst Ende 30 und hat sich vor Jahren mal als Attentäter von John F. Kennedy selbst angezeigt. Das ist noch heute das Gesprächsthema schlechthin an den Stammtischen der Insel."

„Auch ein blindes Huhn, ermordet mal der Hahn", wandte der Arzt sarkastisch ein. „Aber Sie sind hier der Kommissar. Ich untersuche die Leiche und Sie ermitteln… irgendwie."

Janssen fuhr sich mit der Hand durchs Haar.

„Passen Sie auf, Doktor. Der Mann ist der reinste Blindgänger. Und ausgerechnet der soll unseren verhinderten Herkules ermordet haben?"

„Wir werden es sehen", nuschelte der Arzt eingeschnappt und wandte sich wieder dem Toten zu. „Ich mache dann mal weiter."

Janssen zuckte mit den Schultern.

„Ja, das werden wir sehen!", sagte er leise und drehte sich zu Hannes Gerber um, der noch immer zusammengesackt auf seinem Barhocker hing.

>>*Na, dann will ich mal fix ermitteln gehen, damit der liebe Onkel Doktor keinen schlechten Eindruck von mir bekommt.*<<

Janssen ging langsam auf den Tresen zu. Hannes Gerber nahm keine Notiz von ihm. Er saß weiterhin vornübergebeugt auf seinem Barhocker und starrte missmutig vor sich hin. Vor ihm stand ein halbvolles Bierglas, von dem das Kondenswasser auf einen Bierdeckel herabtropfte. Der Schaum hatte sich, genau wie Gerbers dünne Langhaarfrisur, längst in Wohlgefallen aufgelöst.

„Guten Abend, Herr Gerber", eröffnete Janssen das Gespräch. „Hallo, Hannes."

Der Angesprochene richtete sich mühsam auf. Durch den Nebel in seinem Kopf bahnte sich nur langsam die Erkenntnis, den Grüßenden von irgendwoher zu kennen.

„Du bist doch der Tjark Janssen, oder? Bist du Bulle? Hier auf Helgoland? Seit wann?", fragte Gerber leicht lallend.

„Ja, ja und nein", gab Janssen zur Antwort. „Ich bin der Tjark, ich bin Bulle aber ich bin Kommissar bei der Kriminalpolizeistelle in Heide."

„Das ist schön für dich… Mein Leben is' echt scheiße, Alter!"

„Tja, manchmal ist das so, Hannes", murmelte Janssen und ließ die Worte im Raum stehen.

„Manchmal, Alter? Immer ist das so! Die Weiber sin' auch scheiße!"

Janssen lächelte sein Gegenüber gewinnbringend an und rückte etwas näher an Hannes Gerber heran.

„Wenn du das sagst", erwiderte er und dachte für eine Sekunde an seine gescheiterte Ehe. „Darf ich mich zu dir setzen?"

Gerber zeigte mit einer einladenden Geste auf einen freien Barhocker neben ihm.

„Bitte! Das ist ein freies Land. Du darfst dich hinsetzen, wohin und zu wem du willst. Trinkst du ein Bier mit mir?"

Janssen nickte und machte es sich auf dem Barhocker bequem.

„Ja, klar!", sagte er. „Die Runde geht an mich."

Gerber straffte sich und klatschte zufrieden in die Hände.

„Mach' uns mal fix ein neues Bierchen!", rief er der jungen Frau hinter dem Tresen zu, die bislang wie ein Kaninchen in Schockstarre am Spülbecken gestanden hatte. Die Frau schaute Janssen fragend an. Als er ihr zustimmend zunickte, nahm sie zwei Gläser aus dem Regal und begann mit dem Zapfen der zwei Getränke.

„Was ist hier heute Abend passiert, Hannes? Hast du den Mann da vorne umgebracht?"

„Den scheiß Boxer?", fauchte Gerber ihn an.

Janssen nickte.

„Ja, den meine ich", sagte er ruhig.

Hannes Gerber rieb sich mit zwei Fingern über das stoppelhaarige Kinn, ohne dabei seinen Blick vom Kondenswasser auf den beiden Biergläsern zu lösen, die die Bedienung gerade eben vor ihn und Janssen auf den Tresen gestellt hatte. Er nahm das bauchige Glas in die Hand und leerte es in einem Zug. Mit einem Rumsen knallte er es zurück auf den Tresen.

Das Glas hatte kaum die Holzplatte berührt, als die Frau es bereits aufnahm und mit einer gekonnten Drehung des Handgelenks im Spülbecken versenkte. Janssen war schwer beeindruckt von der Schnelligkeit, mit der sie das Glas reinigte. Er riss sich aber von dem grandiosen Anblick los und wandte sich wieder seinem Gesprächspartner zu.

„Und?", hakte er nach. „Hast du den Mann getötet?"

„Nee!", sagte Gerber einsilbig. „Aber Weiber sind scheiße, Alter!"

Janssen wurde langsam ungeduldig.

„Das sagtest du bereits, Hannes… Hast du etwa Streit mit deiner Frau?"

Gerber schüttelte langsam den Kopf.

„Nein, meine Alte macht mir keinen Ärger mehr, Alter", antwortete er gelassen. „Die Zicke is' seit heute Nachmittag nämlich Geschichte."

„Wie bitte?", entfuhr es Janssen. „Du hast die Anke doch nicht etwa…?"

Janssen machte mit der rechten Hand ein eindeutiges Zeichen an seiner Kehle.

„Hast du deine Frau umgebracht, Hannes?"

Gerber fuhr wie von der Tarantel gestochen hoch.

„Quatsch! Nicht, was du denkst! Die Anke hat mich heute Früh verlassen!", rief er entrüstet.

„Gott sei Dank...", sagte Janssen hörbar erleichtert. „Die Anke ist also weggelaufen?"

„Jep!"

„Einfach so?", hakte Janssen nach.

„Nee, nich' einfach so!", polterte Gerber aufgebracht. „Die hat zuerst noch mein Konto leergeräumt, den Hund eingesackt, alle Wertsachen in einen Koffer gekloppt und ist heute Nachmittag mit der MS Helgoland nach Cuxhaven abgedampft."

„Nach Cuxhaven?"

„Jep! Die is' rüber zum Boxer gefahren", sagte Gerber und zeigte auf den Toten am Boden. „Zu dem Arsch da unten!"

„Zu dem Toten da drüben?", fragte Janssen ungläubig. „Nach Cuxhaven?"

„Ja! Zu Frank „dem Boxer" Lorenz!", knurrte Gerber.

„Der liegt aber jetzt hier tot auf Helgoland rum und läuft nicht lebend durch Cuxhaven… Deine Frau ist also alleine nach Cuxhaven gefahren, obwohl ihr Lover noch hier war?"

„Ja, und?", fragte Gerber und glotzte Janssen blöd an. „Der Drecksack hatte wohl noch was auf der Insel zu erledigen und wollte dann morgen nach Cuxhaven fahren."

„Aha… Das wird wohl nichts mehr", sagte Janssen leise zu sich selbst.

„Nee, das wird nu' nischt mehr", antwortete Gerber, der Janssens Worte gehört hatte. „Die Anke wird wohl ab heute nicht nur ohne mich, sondern auch ohne ihn auskommen müssen."

„Du mochtest den Boxer nicht, oder?", fasste Janssen nach. „Und wegen deiner Frau hast du ihn vorhin umgebracht?"

„Was?"

„Wie hast du den Boxer umgebracht, Hannes?"

Gerber glotzte Janssen aus trüben Augen an.

„Umgebracht? Ich? Nee, nee, nee! Ich kann doch keiner Menschenseele was antun."

„Aber du hast vorhin immer wieder laut und deutlich gesagt, dass du den Boxer getötet hättest."

Gerber nickte zustimmend.

„Hab' ich ja auch! Irgendwie…"

„Irgendwie?", hakte Janssen nach. „Ja, was denn nun, verdammt noch mal!"

„Ja, irgendwie schon."

Janssen blickte genervt an die Decke.

„Ich verstehe kein Wort, Hannes!"

Gerber presste die Lippen zu einem dünnen Strich zusammen.

„Also, heute Morgen hat mir der Boxer meine Anke geklaut. Und wenn das an sich nicht schon schlimm genug für mich wäre, hat er mir heute Abend auch noch meinen Selbstmord versaut."

Janssen fiel vor Schreck fast vom Barhocker.

„Wie bitte? Er hat dir den Selbstmord versaut?", fragte er mit weit aufgerissenen Augen. „Das wird ja immer schöner."

„Nee, eigentlich hat er mich eher glücklich gemacht… Ich meine, ich lebe noch und er ist tot. Sein Tod macht jetzt irgendwie glücklich."

„Du wolltest Selbstmord begehen?", hakte Janssen fassungslos nach.

„Jep!"

„Hier?"

„Ja, hier drinnen!"

„Das… Das ist jetzt nicht wahr, oder?", stammelte Janssen verblüfft.

„Doch, verdammt!", rief Gerber aufgebracht. „Ich wollte hier im Laden Schluss machen! Ich hatte bereits alles vorbereitet und dann kommt dieses Arschloch rein und versaut mir alles!"

„Komm, hilf mir jetzt endlich auf die Sprünge, Hannes", bat Janssen eindringlich.

Gerber nickte, antwortete ihm aber nicht sofort. Er atmete zuerst ein paar Mal tief ein und aus, bevor er endlich weiterredete.

„Also, so gegen zehn… Da saß ich hier, wo ich jetzt auch sitze… Ich hatte Schiss… Und um meinen Abgang von dieser schnöden Welt vorzubereiten, kippte ich ein Bier nach dem Anderen in mich rein."

„Aha", sagte Janssen einsilbig. „Und?"

„Echt! Andrea kann das bestätigen", sagte Gerber und zeigte auf die junge Frau, die längst wieder hinter dem Tresen Stellung bezogen hatte und sich die ganze Zeit so klein wie möglich machte.

Janssen schaute die Frau fragend an.

„Können Sie das bestätigen?", fragte er sie sanft.

„Ja, sechs Bier in zehn Minuten", antwortete sie leise.

Gerber schlug erfreut mit der flachen Hand auf den Tresen.

„Genau! Sechs Bier in zehn Minuten!", rief er. „Das ist doch rekordverdächtig, oder?"

„Ja, das ist toll Hannes... Inselrekord! Und weiter?"

Gerber straffte sich.

„Also, ich hatte gerade ein volles Bierglas…"

„Das siebte Bier also", unterbrach Janssen Gerbers einsetzenden Wortschwall. „Ist das halbleere Glas vor dir, also ich meine nicht das Frische von eben, dein siebtes Bier von vorhin?"

Gerber glotze Janssen verwirrt an und rechnete mit den Fingern nach.

„Nee, das halbleere Glas hier ist bereits mein neuntes Bier... Warum fragst du, Alter?"

„Nur so aus reiner Neugier", gab Janssen zurück, der nie etwas aus reiner Neugier fragte. „Erzähl weiter, Hannes."

„Also, ich hatte gerade ein frisches Bier vor mir stehen, als plötzlich der Boxer reinkam... Direkt auf mich zu!"

„Gab es Ärger?"

Gerber schüttelte langsam den Kopf.

„Nö, nicht direkt. Der Drecksack knallte mir einfach seine linke Pranke auf die Schulter, schnappte sich ungefragt mein Bier und kippte es in einem Zug in sich hinein. Das war's dann!"

„Das war's dann?", hakte Janssen nach.

„Ja, dann hat der Scheißkerl fies gerülpst und der Andrea das leere Glas hingehalten… Mein leeres Glas, verstehst du?"

„Ja… Und weiter?"

„Mann, das siebte Glas, Alter."

„Ja, das Siebte… Schon gut, Hannes! Und nenn' mich nicht immer Alter, okay?"

„Sorry, Alter… Äh, Tjark!", erwiderter Gerber. „Der Boxer hat laut gerufen: >>*Mach' ma' voll! Das Bier von meinem Kumpel is' verdunstet. Der Blindgänger gibt heute einen aus. Ich hab' ihm heute Morgen nämlich seine Alte und seine Kohle abgenommen. Dafür schuldet er mir jetzt was.* <<"

„Das ist aber kein feiner Zug vom Boxer", sagte Janssen sarkastisch.

„Doch, sein Zug war sogar ziemlich gewaltig… Hab' ich doch gerade gesagt… Ein Bier in einem Zug ausgesoffen!"

„Ja, das habe ich verstanden… Und dann? Wie ging es weiter?"

„Ich hab' sofort losgeheult wie ein altes Klageweib. Die Leute ham' mich angestarrt und der Boxer hat mich ausgelacht und gesagt: >>*Nu' flenn' ma' nich', du Blindgänger! Du kriegst ja gleich ein neues Bierchen.*<<"

„Na, immerhin", sagte Janssen. „Das ist doch nun fast schon wieder nett vom Boxer, oder nicht?"

Gerber stieß sauer auf und grinste Janssen dann breit an.

„Weißt du, Tjark, was ich zu ihm gesagt habe?"

„Nein, das weiß ich nicht. Sag du es mir, Hannes."

„Ich hab' mir die Tränen abgewischt und gesagt: >>*Weißt du, Blödmann. Du bist ein echter Mistkerl! Ich wollte mich wegen dir umbringen. Aber das hast du mir eben versaut!*<<"

„Super, jetzt sind wir wieder beim vermasselten Selbstmord angelangt. Wie hat der Boxer dir denn nun den vermaledeiten Selbstmord versaut?", fragte Janssen ungeduldig.

Gerber grinste noch breiter.

„Der Drecksack hat mir tatsächlich das Leben gerettet. Das ist unfassbar, oder?"

„Oh, lieber Himmel, Hannes! Ja, das ist unfassbar!", rief Janssen genervt. „Wie hat dir der Kerl denn nun das verdammte Leben gerettet?"

„Wird alles wieder gut, Alter...", antwortete Gerber.

„Du sollst mich nicht immer Alter nennen!", knurrte Janssen.

„Ich mein' doch gar nicht dich… Das waren die letzten Worte vom Boxer, bevor ihm die Augen aus den Höhlen traten. Zuerst hat er heftig gewürgt und dann ist er zum Ausgang getorkelt. Da vorne, wo er jetzt liegt, hat er seinen Mageninhalt auf den Boden gekübelt und is' zuckend verreckt."

„Oh, Mann!", rief Janssen laut und schlug sich mit der rechten Hand auf die Stirn. Dann wandte er sich an die Bedienung. „Machen Sie das eigentlich immer so schnell, Andrea?"

„Was mache ich immer so schnell, Herr Kommissar?", fragte die junge Frau erschreckt.

„Spülen Sie immer alle leeren Gläser so schnell aus?"

„Hier soll halt nichts Leeres rumstehen… Anordnung vom Chef."

„Super! Haben Sie schon die Gläser von vorhin ausgespült?"

„Ja, das habe ich", antwortete Andrea leise. „Warum? War das falsch?"

„Tja, das kommt drauf an", sagte Janssen sanft. „Manchmal verliert man und manchmal gewinnen die Anderen. Aber eben nicht immer. Irgendwann hat eine Pechsträhne auch mal ein Ende, richtig?"

Gerber nickte und lächelte selig. Er war mit sich und der Welt vollkommen im Reinen.

„Ja", sagte er schließlich nach ein paar Sekunden. „Ich wollte mich vergiften… Ich hab' mir heute Mittag etwas Rattengift aus dem Schuppen geholt und vorhin in mein Bierglas gekippt… Und dann kommt dieser Drecksack und säuft mir doch glatt das gute Zeug weg, Alter!"

Janssen nickte und trank sein bislang unangerührtes Bier in einem Zug aus.

Meine Geschichte: Behutsam korrigierte Fassung meines Beitrags zum Helgoländer Schreibwettbewerb 2018/19; Platz 2

Sámos

Ein Ouzo zum Mord

Evangelos Marinakis blickte verschlafen auf das pittoreske Bild, das sich zu dieser frühen Tageszeit seinen zugequollenen Augen bot. Trotz einer bleiernen Müdigkeit, umspielte ein zufriedenes Lächeln seine Lippen beim Blick auf die malerische Hafenstadt, in der er aufgewachsen war.

Marinakis kannte und liebte jeden Winkel von Pythagório. Von der kleinen Landspitze Àkra Fonias aus, wo er sich just in diesem Augenblick befand und auf der die Kläranlage munter vor sich hin brodelte, hatte man einen unschlagbar schönen Ausblick über das Meer auf seinen Heimatort.

Es war sieben Uhr und das alte Hafenstädtchen wurde von der aufgehenden Sonne perfekt in Szene gesetzt. Die Felsen im Vordergrund glühten in allen erdenklichen Gelbtönen. Die losen Leinen an den Masten der ankernden Segelboote knatterten verhalten im lauen Wind.

Die Leinen standen mit ihrem Geknatter allerdings auf verlorenem Posten, weil sie von jeder Menge lautstark zwitschernder Spatzen im Wettstreit um das schönste Morgengeräusch haushoch geschlagen wurden.

Die sanft aufleuchtende Bergkette, die sich gleich hinter der ehemaligen Fischersiedlung Iréo erhob, machte das Bilderbuchpanorama nahezu perfekt. Kein Filmregisseur hätte sich eine bessere Kameraeinstellung ausdenken können

Im Fernsehen hätte man diese perfekte Szene ganz sicher mit dazu passenden Klängen einer Bouzouki hinterlegt. Im Fernsehen wäre dem geneigten Betrachter vor allem der aufdringliche Fäulnisgestank der völlig überforderten Kläranlage erspart geblieben, der den künstlerischen Gesamteindruck konsequent versaute.

Marinakis wechselte von seinem verzückten Lächeln zu einem angewiderten Gesichtsausdruck, der ohnehin viel besser zur gegenwärtigen Situation passte. Er schnaubte vernehmlich durch den Mund aus, löste sich von der Aussicht auf Pythagório und drehte sich um.

Der Tote, der mit zerfetztem Hinterkopf vor dem grünen Eingangstor der Kläranlage lag, bot mit seinem grausigen Anblick das genaue Gegenstück zum filmreif beleuchteten Urlaubsidyll.

Bei dem Erschossenen handelte es sich um den 58-Jährigen Yannis Kouzinos, der bis zu seinem gewaltsamen Ableben der sehr erfolgreiche und beliebte Inhaber der bekanntesten Ouzo-Destillerie der Insel Sámos gewesen war.

Diese Tatsache betrübte Marinakis. Die Aufklärung eines Mordes war bereits bei relativ unbekannten Menschen kein Vergnügen, was in der Natur der Sache lag. Bei bekannten Persönlichkeiten, die irgendwo ausgeblutet und hirnlos im Sand lagen, wurde es jedoch nahezu unerträglich.

Die Hirnis von der Presse, die ihre Informationspflicht mittlerweile eindeutig überzogen, würden vom Festland aus anreisen und spätestens ab heute Mittag bei ihm rund um die Uhr mit Kamerateams auf der Matte stehen.

Und als würde das nicht schon ausreichen, um eine zügige Aufklärung des Mordes nahezu zu verhindern oder zumindest arg zu verzögern, würden ihm zusätzlich noch sämtliche Politiker der Insel und, wenn es ganz schlimm kam, womöglich auch irgendein Minister aus Athen oder irgendein Hinterbänkler aus Thessaloniki auf den Keks gehen.

„Und? Haben Sie den Fall für mich gelöst?", fragte Marinakis den vor ihm hockenden Gerichtsmediziner leicht gereizt. Der verscheuchte gerade mit hektischen Handbewegungen die Myriaden von Fliegen, die sich im Sekundentakt im Landeanflug auf den Leichnam übten.

„Nein, aber ich weiß, dass der Mann sofort tot war, was bei einem aufgesetzten Schuss in den Hinterkopf mit einem Schrotgewehr völlig verständlich ist", entgegnete der Angesprochene ruhig. „Ich muss das allerdings noch näher untersuchen, weil er bereits vor dem Schuss hätte tot gewesen sein können."

„Hätte tot gewesen sein können?", fasste Marinakis grinsend nach. „Hatten Sie mal einen Fernkurs in griechischer Grammatik?"

„Nein, ich habe in der Schule aufgepasst, während Sie vermutlich irgendwo in einem Olivenhain Ziegen gehütet haben", frotzelte der Arzt.

„Sagen Sie mir was zum Tod des Opfers", brummte Marinakis, ohne auf die Bemerkung der Arztes einzugehen.

„Was wollten Sie denn von mir hören?"

„Den Todeszeitpunkt zum Beispiel. Wann wurde Herr Kouzinos getötet?"

Der Gerichtsmediziner schnaubte verächtlich.

„Also, Marinakis, wirklich! Was weiß denn ich?", fauchte der Mediziner. „Fragen Sie das den oder die Täter. Fragen Sie das aber nicht mich!"

Marinakis hob erstaunt die Augenbrauen.

„Warum nicht? Ich denke, Sie haben Abitur. Da wissen ja meine Ziegen mehr."

„Dann fragen Sie eben Ihre Ziegen!", erwiderte der Gerichtsmediziner wütend.

„Sie haben dem Mann gerade ein Thermometer in die Leber gestochen. Warum machen Sie das, wenn Sie danach zu keinem Ergebnis kommen?"

„Weil ich mit dem Ding unter normalen Umständen leider nicht ins Hirn stechen kann", dozierte der Gerichtsmediziner. „Das würde zwar ein wesentlich exakteres Ergebnis liefern, ist aber mit dem stumpfen Instrument und am Fundort einer Leiche kaum durchführbar."

„Bitte?", fragte der Kommissar erstaunt.

„Bei unserem Opfer würde es ausnahmsweise gehen, weil ich gut ans Hirn herankomme. Allerdings liegt das Hirn unseres Toten seit längerer Zeit im Staub, was es wieder schwierig macht."

„Schon gut...Haben Sie wenigstens eine Idee, was den Todeszeitpunkt angeht?", fragte der Kommissar kleinlaut.

„Hören Sie, Marinakis, diese dämliche Frage stellen nur Fernsehkommissare... Ich kann es Ihnen nicht sagen, weil wir die ganze Nacht über knapp 30 Grad Celsius hatten. Der Tote ist also noch kuschelig warm."

„Mist!"

„Keine Sorge", beruhigte der Doktor den Kommissar. „Ich werde später rechnen, bis der Computer glüht, aber ich werde Ihnen vermutlich dennoch nur sagen können, dass Herr Kouzinos irgendwann in der Nacht getötet wurde."

„Danke, Doktor. Entschuldigen Sie meine blöde Gereiztheit", bat Marinakis kleinlaut. „Der Gestank der Kläranlage macht mich irre! Ich kann nicht richtig denken... Es soll heute Abend übrigens ein Gewitter geben."

„Mann, Sie springen ja im Thema", gab der Doktor grinsend zurück. „Vielleicht gibt es später ein Gewitter, Marinakis. Vielleicht aber auch nicht… Grämen Sie sich nicht. Zwar kann ich Ihnen den Mörder nicht auf dem Silbertablett liefern, aber bei

Ihrer Erfolgsquote werden Sie den Mörder spätestens bis zum Abendessen haben."

„Ja, vielleicht. Vielleicht aber auch nicht, Doktor."

„Das wäre ja zum Lachen, wenn es nicht klappen sollte, oder?"

„Mir ist nicht wirklich zum Lachen zumute, Doktor. Ich darf gleich den Angestellten von Herrn Kouzinos ein paar Fragen zum Tod ihres Chefs stellen und ich muss vorher zu seiner Witwe."

„Gutes Stichwort, Marinakis... Kommt ein Polizist zu einer Frau und sagt: Sind Sie Witwe Maria? Sagt sie: Nein, das bin ich nicht! Sagt er: Wetten doch!"

Marinakis versuchte es zu zwar verhindern, doch er musste unwillkürlich über diesen uralten Witz lachen.

„Ach, gehen Sie mir aus den Augen, Vavaresos!", rief Marinakis lachend.

„Mach ich! Da kommt nämlich die Spurensicherung… Ich bin dann mal weg. Machen Sie hier nicht mehr lange rum, Marinakis!"

„Wir werden uns bemühen, Doktor."

„Schicken Sie mir den Toten zügig ins Krankenhaus. Ich muss mich mit der Obduktion schließlich beeilen, wenn ich innerhalb von 24 Stunden bis zur Beerdigung damit fertig sein will. Bis neulich dann, Marinakis."

„Wir haben bei einem Mord doch 48 Stunden Zeit dafür, Doktor", warf Marinakis irritiert ein.

„Das stimmt, aber ich brauche einen sportlichen Anreiz bei meiner Arbeit, Marinakis", entgegnete Vavaresos.

„Ich auch, Doktor…"

Der Kommissar behielt in allen Punkten Recht. Es begann nach Einbruch der Dunkelheit tatsächlich zu gewittern und er hatte den Mörder von Yannis Kouzinos, so sportlich er auch an die Sache heranging, leider nicht bis zum Abendessen überführt. Er hatte noch nicht einmal eine heiße Spur, die ihn in den nächsten Tagen zum Mörder des Ouzo-Fabrikanten hätte führen können.

*

Um 6 Uhr morgens zog sich das schwere Gewitter der Nacht langsam in Richtung der hochaufragenden und wolkenverhangenen Mykale Berge zurück, die – getrennt durch eine knapp 1,5 Kilometer schmale Meerenge – gegenüber der Insel Sámos in der Türkei lagen.

Die meisten Touristen schlummerten nach der unruhigen Gewitternacht vermutlich noch selig in ihren Pensionen und Hotels, während sich die letzten Fischer übermüdet nach ihren schaukelfreien Betten sehnten. Die kleinen Fischerboote tuckerten wie schlaftrunken am modernen Yachthafen der Insel vorbei zu ihren Liegeplätzen im alten Hafen, wo sie bereits sehnsüchtig von unzähligen Katzen des kleinen Städtchens erwartet wurden.

Marinakis stand mit seinem Streifenwagen auf einem kleinen Parkplatz oberhalb von Pythagório.

Er lehnte rauchend an der Tür auf der Beifahrersei-
te und blickte versonnen auf das gemütliche Treiben auf dem noch immer leicht kabbeligen Wasser
der östlichen Ägäis.

Er war bereits seit über einer Stunde auf den
Beinen, denn er hatte nicht schlafen können, weil
er die ganze Nacht lang über den „Ouzo-Mord" –
wie seine Kollegen den Mordfall spöttisch getauft
hatten – nachgedacht hatte.

Auf der Insel war sicher nicht alles Gold, was da
im hellen Sonnenlicht glänzte und die Touristen
verzauberte. Da gab es durchaus Handgreiflichkei-
ten, Diebstähle und Unfälle – ja, vor ein paar Jahren sogar einen Fall von Piraterie und den Mord
an einer zutraulichen Mönchsrobbe. Noch nie zuvor hatte es aber einen Mord an einem Menschen
gegeben, und dann gleich einen, der mit extremer
Heftigkeit einherging.

Das Dumme war, dass er keine heiße Spur zum
Mörder hatte, was ihn ziemlich wurmte und zugleich komisch vorkam. Eigentlich hätte er wenigs-

tens ein paar Gerüchte kennen müssen, die ihm bei der Aufklärung des Mordes womöglich weiterhalfen. Allerdings gab es auch da nichts zu holen. Das verwunderte ihn sehr, denn die Insel Sámos war eigentlich ein Dorf, das von Klatsch und Tratsch lebte.

Es gab leider keine Augenzeugen und auch keine Ohrenzeugen. Das hatte er im Grunde erwartet, denn die schmale Schotterpiste, die vom alten Hafen an der Kläranlage vorbei hinüber zum neuen Yachthafen führte, wurde seit ihrer „Sperrung" für den Durchgangsverkehr, kaum noch benutzt.

Außerdem überhörte man das Knallen von Gewehren oder anderen Schusswaffen gerne, denn auch auf Sámos gab es genug Leute, die von Zeit zu Zeit mit einem Schießeisen um sich schossen. Ein einzelner Schuss zu nachtschlafender Zeit riss daher ganz sicher keine griechische Menschenseele aus dem Schlaf.

Das alles hatte Marinakis im Grunde nicht anders erwartet. Was ihn allerdings wunderte, war die Tatsache, dass nicht einmal seine erste Befragung innerhalb der Familie Kouzinos und innerhalb der Destillerie etwas Brauchbares ans Tageslicht gebracht hatte.

Weder in der Familie noch im Geschäft wusste jemand etwas Unschönes oder Auffälliges zu berichten. Jeder hatte das verblichene Familienoberhaupt angeblich unglaublich geliebt und auch die Beschäftigten in Kouzinos Destillerie sprachen alle nur gut über ihren verblichenen Chef.

Eigentlich sprach alle Welt viel zu gut über den Toten, wie Marinakis fand, aber im Angesicht des Todes wurde meist immer gelogen und geheuchelt was das Zeug hielt. Diesmal vielleicht nicht. Wer wusste das schon so genau...

Marinakis wollte seine Schlaflosigkeit aber nicht nur zum Nachdenken nutzen. Er hatte es sich im Laufe seiner Tätigkeit als Polizist nämlich zur Angewohnheit gemacht, die Häuser seiner „Kunden" am Tag der obligatorischen Mahnwache aufzusuchen und den Trauernden, diesmal abseits der offiziellen Rituale, seine persönliche Aufwartung zu machen. Auch bei der Beerdigung eines Mordopfers pflegte er stets dabei zu sein.

Er hatte sich diese Angewohnheit im Verlauf seiner langjährigen Tätigkeit bei der Mordkommission in Athen zugelegt; einerseits aus Respekt gegenüber den Toten und ihren Hinterbliebenen und andererseits, um das Gute mit dem Nützlichen zu verbinden.

In den vergangenen Jahren hatte er im Verlauf einer Beerdigung sehr oft überaus wertvolle Erkenntnisse gewinnen können, die seine Ermittlungen danach mehr als einmal in die richtigen Bahnen gelenkt hatten.

Auf Sámos hatte er nach seiner Versetzung auf seine Heimatinsel bisher keinen Gebrauch von dieser hilfreichen Angewohnheit machen müssen. Heute war Premiere...

Marinakis drückte seine Zigarettenkippe in einem tragbaren Aschenbecher aus und stieg in seinen Wagen. Er fädelte sich in den spärlichen Au-

toverkehr ein und fuhr mit dem auffälligen Strei-
fenwagen langsam die steile Hauptstraße hinunter.
Die Straße schlängelte sich in engen Kurven den
Berg hinab und gewährte ihm mehrmals einen
malerischen Ausblick auf den uralten Hafen des
Städtchens.

Gegenüber der Abzweigung zum Höhlenkloster
Panagía Spilianí bog er nach links in eine schmale
Straße ein. Nach wenigen Metern hatte er sein Ziel
erreicht.

Das Trauerhaus der Familie Kouzinos sah er
bereits von Weitem und er staunte Bauklötze. Das
Haus konnte man weder übersehen noch überhören. Vor der Eingangstür sangen sich nämlich be-
zahlte Klageweiber lautstark in Trance.

>>Das es sowas heute noch gibt?<<, frage sich Marinakis verwundert. *>>Als ich klein war, war das in
großen Teilen Griechenlands noch üblich gewesen. Aber
heute? Echt jetzt?<<*

Vor dem zweistöckigen Haus, dessen weiße Fas-
sade über und über mit violett blühenden Bou-

gainvillea bedeckt war, hatten sich überdies gut und gerne an die fünfzig Menschen versammelt, um der Familie des Ermordeten ihre Aufwartung zu machen.

Marinakis hielt mit dem Wagen in Sichtweite des Hauses an, stellte den Motor ab und beobachtete das hektische Treiben auf der Straße. Alle zehn Sekunden kamen Leute aus dem Haus heraus. Die Leute trugen irgendwelche Möbel oder andere Sachen aus dem Haus, schlurften damit keuchend über die Straße und verschwanden mit dem ganzen Sack und Pack in einem gegenüberliegenden Haus.

Bei diesen Menschen handelte es sich nicht etwa um Plünderer, wie man hätte vermuten können, sondern um die Nachbarn der Familie Kouzinos, die das Haus für die Aufbahrung des Verstorbenen vorbereiteten.

Die Familie des Ermordeten musste sich um nichts weiter kümmern, als um ihre Trauer. Unterdessen räumten die Nachbarn das Schlafzimmer restlos leer und bestückten den Raum mit Stühlen und Tischen, damit sich dort später die Männer rauchend und trinkend aufhalten konnten. Auch das Wohnzimmer wurde von ihnen ausgeräumt. Dort kamen ebenfalls Stühle hinein und es wurde Platz für den offenen Sarg mit dem Toten geschaffen.

Marinakis riss sich just in dem Augenblick vom unwirklichen Anblick der schuftenden Nachbarn los, als ein Leichenwagen langsam an ihm vorbeirollte und vor der offenen Eingangstür des Hauses anhielt.

Zwei Männer stiegen aus. Sie öffneten die Heckklappe des Wagens und holten den offenen Sarg mit dem Verstorbenen heraus. Den Sargdeckel stellten sie gut sichtbar neben die Haustür. Die Menschen auf der Straße bekreuzigten sich, als der Sarg ins Haus getragen wurde.

Marinakis nahm ein kleines Blumenbündel vom Beifahrersitz und stieg aus. Er hielt zielstrebig auf die offene Haustür zu.

Die Eingangstür würde von jetzt an die ganze Nacht bis zum nächsten Morgen offenstehen, um zu zeigen, dass Besucher jederzeit willkommen waren. Er nahm die traditionelle Aufforderung der trauernden Familie gerne an. Kurz vor der Türschwelle trat ihm jedoch plötzlich ein alter, grimmig dreinblickender, Mann in den Weg.

„Sind Sie von der Polizei? Ich habe Sie eben aus dem Polizeiwagen steigen sehen", erkundigte sich der alte Mann mit krächzender Stimmer und machte dabei eine zuckende Kopfbewegung in Richtung des abgestellten Streifenwagens.

„Volltreffer! Ich bin von der Polizei", gab Marinakis zurück.

„Sie sind zivil gekleidet. Wer sind Sie genau?", hakte der Alte nach.

„Ich bin Kommissar Evangelos Marinakis von der Kriminalpolizei aus Sámos-Stadt... Mit wem habe ich die Ehre?", fragte Marinakis neugierig zurück.

Der alte Mann zuckte mit der Schulter, antwortete dem Kommissar jedoch nicht. Er musterte Marinakis noch einmal mit schiefgelegtem Kopf von oben bis unten und schüttelte dabei lediglich missbilligend den Kopf. Schließlich trat der Mann kommentarlos zur Seite und machte ihm den Weg ins Trauerhaus frei.

„Dann eben nicht", sagte Marinakis und schob sich kopfschüttelnd an dem alten Mann vorbei ins Haus.

„Früher hat man die Polizei wenigstens erkannt!", keifte der Alte dem Kommissar hinterher. „Eine Uniform macht viel mehr her."

>>*Gott, in welcher Zeit bist du denn stecken geblieben, alter Mann?*<<, dachte Marinakis erstaunt. Er wusste, zwar, dass es noch immer Griechen gab, die einen gewissen Argwohn gegenüber zivil gekleideten Polizisten hegten. Aber dass es wirklich noch Leute gab, die schöne Uniformen der Uniform wegen mochten, war ihm dann doch neu.

>>*Wenn es dir Freude macht, alter Mann. Das nächste Mal wirst du vor mir salutieren!*<<, grinste Marinakis in sich hinein.

Der Kommissar bahnte sich seinen Weg durch die vielen Trauergäste hindurch ins unmöblierte Wohnzimmer und sah sich dort suchend um. Die bildhübsche und zwanzig Jahre jüngere Witwe des Toten stand inmitten des Zimmers und erkannte ihn sofort. Sie nickte ihm mit tränenüberströmten Gesicht zu. Marinakis ging zielstrebig zu ihr und nahm sanft ihre Hand.

„Gott sei seiner Seele gnädig", sagte er leise.

„Ja, Gott sei seiner Seele gnädig… Danke, Herr Kommissar", antwortete die Witwe mit tränenerstickter Stimme. „Haben Sie den Mörder meines Mannes bereits verhaften können?"

Marinakis räusperte sich unsicher.

„Wir sind auf einem guten Weg… Ähm… Bald müssten wir… Ich… Es tut mir leid", stammelte er hilflos und noch bevor er etwas wirklich Dummes erwidern konnte, zupfte ihn glücklicherweise jemand am Ärmel und zog ihn mit leichtem Nachdruck von der schluchzenden Witwe weg.

Marinakis blickte neben sich. Vor ihm stand eine kleine Frau, die sehr resolut auftrat und mit beiden Händen ein Tablett mit Schnapsgläsern in die Höhe hielt. Eine weitere Frau eilte an ihm vorbei und kümmerte führte die verwirrt dastehende Witwe des Verstorbenen von ihm weg.

„Sie trinken ganz sicher einen Ouzo zum Mord, oder Herr Kommissar?", fragte ihn die Frau sanft, wobei ihr aufgesetzt freundlicher Gesichtsausdruck kein Nein duldete.

„Wie bitte?"

„Sie trinken bestimmt einen Ouzo auf das Wohl des verstorbenen Herrn Kouzinos, oder verbietet das Ihr Dienstherr?", antwortete die Frau und hielt ihm das kleine Tablett direkt vor die Nase.

Eigentlich verbot ihm sein Dienstherr den Genuss von Alkohol im Dienst tatsächlich, aber ihr strenger Blick verriet ihm, dass ein Nein jetzt keinesfalls in Frage kam.

Marinakis nickte daher zustimmend.

„Sowohl als auch, gnädige Frau… Vielen Dank!"

Der Kommissar nahm ein Glas Ouzo vom Tablett, setzte es an die Lippen und leerte es in einem Zug. Dann stellte er das Schnapsglas zurück auf das Tablett, nickte der Frau dankbar zu und trat zögernd an den offenen Sarg heran.

Marinakis kniff ein Auge zu und blickte vorsichtig hinein. Im nächsten Augenblick war er mehr als erstaunt. Der Bestatter hatte bei Herrn Kouzinos in den letzten Stunden wirklich hervorragende Arbeit geleistet und den Toten bestens hergerichtet. Selbst aus der Nähe sah man nicht, dass dem armen Kerl in der Nacht zu gestern der halbe Hinterkopf weggeschossen worden war.

Er bekreuzigte sich hastig, legte das kleine Blumenbündel in den Sarg, sprach ein kurzes Gebet und verließ kurze Zeit später das Haus der Kouzinos, ohne etwas Brauchbares herausgefunden zu haben. Er war wohl aus der Übung gekommen.

Auf der Straße sah er den alten Mann wieder, der jetzt inmitten einer Gruppe von Musikern saß und lautstark einen Rembetiko sang. Ihre Blicke begegneten sich. Der Alte zwinkerte ihm erstaunlicherweise verschwörerisch zu und der Kommissar nahm sich vor, den alten Mann auf der morgigen Beerdigung gut im Auge zu behalten – und vor allem in Galauniform zu erscheinen.

*

Der nächste Tag begann mit dem üblichen, strahlendem Sonnenschein. Keine einzige Wolke trübte den Blick auf einen Himmel, dessen blaue Farbe nicht blauer hätte sein können. Ein gutes Vorzeichen, wie der Kommissar beim Verlassen seines kleinen Elternhauses dachte.

Marinakis ging zu Fuß von seinem Haus, das in einer ruhigen Seitenstraße von Pythagórios Altstadt lag, zum Haus der Familie Kouzinos. Noch waren kaum Trauergäste da, als er das große Haus betrat und diesmal hielt ihn auch niemand in der Eingangstür auf.

Der alte Mann von gestern stand in der hintersten Ecke des kleinen Wohnzimmers und folgte andächtig der Liturgie des Popen. Als er den Kommissar in seiner besten Ausgehuniform erblickte, lächelte er vielsagend und nickte ihm anerkennend zu.

>>*Ja, ja, jetzt freust du dich über meine schöne Uniform... Erzähl' mir lieber was über den Toten, was mich bei der Aufklärung des Falls weiterbringt.*<<

Der kleine Gebetsgottesdienst zu Ehren des Verstorbenen wurde ausnahmsweise nicht in einer nahegelegenen Kapelle gehalten. Das war zwar unüblich, aber der Verstorbene war eben auch nicht irgendwer auf Sámos gewesen.

Yannis Kouzinos hatte bis zu seinem gewaltsamen Tod die bekannteste Ouzo-Destillerie auf der Insel geleitet und war zudem als Kommunalpolitiker sowohl bei der Bevölkerung, als auch bei den Gewerbetreibenden der Stadt und bei der Kirchenobrigkeit sehr beliebt gewesen.

Da es in Griechenland nicht oft vorkam, dass ein Unternehmer sowohl in der Wirtschaft als auch bei der Kirche sehr beliebt war, nahm Marinakis an, dass die regelmäßigen Spenden an die ortsansässige Kirchengemeinde wohl immer recht üppig ausgefallen waren und die Zuwendungen an die Politiker auf der Insel ganz sicher auch.

>>*Vielleicht ist hier das Motiv für den Mord zu suchen?*<<, fragte sich Marinakis und beschloss, nach der Trauerfeier dahingehend nachzuforschen. Das musste allerdings erst einmal warten, denn eine Trauerfeier in Griechenland war, wie die jährliche Überweisung der fälligen Grundsteuer an das Finanzamt, keine schnelle Angelegenheit.

Kurz vor Mittag wurde der offene Sarg schließlich hinauf zum Höhlenkloster Panagía Spilianí gefahren, was ebenfalls nicht den üblichen Gepflogenheiten entsprach.

Der Trauergottesdienst fand dort oben auf dem Berg in der kleinen Kapelle, die von den Einheimischen Kaliarmenissa (der gute Reisende) genannt wurde, des Klosters statt.

Der offene Sarg wurde an der Vorderseite der Kapelle abgestellt und da die Kapelle sehr klein war, musste der größte Teil der Trauergäste neben dem Sarg im spärlichen Schatten vor dem Gotteshaus ausharren. Marinakis gehörte zum Kreis der „Glücklichen" und fluchte lautlos in sich hinein.

Er stellte sich entsetzt vor, dass er die griechisch-orthodoxe Begräbniszeremonie, die in der Regel mindestens eine geschlagene Stunde dauerte, nun in voller Galauniform und in praller Sonne neben dem ermordeten Herrn Kouzinos durchstehen musste. Du lieber Himmel!

Er sollte sich täuschen, denn plötzlich stand der alte Mann vor ihm, packte ihn wortlos am Ärmel seiner Uniformjacke und bahnte sich gemeinsam mit ihm rücksichtslos einen Weg ins Innere der Kapelle.

Der Alte schob viele Menschen zur Seite und ließ ihn schließlich irgendwo in der Mitte der relativ kühlen Kapelle stehen. Danach zog er sich selbst in die hinterste Ecke des kleinen Gotteshauses zurück. Marinakis sah sich verwirrt und gleichzeitig interessiert um.

In der Nähe des heiligen Altarraumes saßen die Familienangehörigen und vermutlich ein paar enge Freunde des Verstorbenen vor der mitgebrachten Kollyva, die für die Seele des Verstorbenen stand und das ewige Leben symbolisierte und die den Trauergästen später nach der Trauerfeier gereicht werden würde. Das ovale Tablett, auf dem das Kreuz mit dem Namen des Verstorbenen stand, war mit reichlich Weizen und Zucker, Walnüssen und Zimt angerichtet und mit viel Puderzucker und Mandeln dekoriert.

In einem von den vielen Trauergästen, die neben und hinter der Ehefrau des Ermordeten – die Kouzinos hatten keine Kinder – saßen oder standen, erkannte der Kommissar den Geschäftspartner des Ermordeten wieder, der im gleichen Alter wie die junge Witwe von Herrn Kouzinos war.

>>*Sowas aber auch*<<, dachte Marinakis amüsiert. >>*Vielleicht sollte ich hier mal nachforschen. Am Ende ist entweder der Gärtner der Mörder oder es geht um Liebe. Eigentlich geht es bei Mord immer um Liebe. So einfach ist mein Job...*<<

So einfach war es aber leider oft nicht. Und auch jetzt wirkte der Geschäftspartner des Toten äußerst sympathisch, was natürlich täuschen konnte. Am Tattag hatte der Mann die Fragen des Kommissars zumindest bereitwillig beantwortet und dabei nahezu pausenlos geschockt den Kopf geschüttelt und sich unablässig die Tränen aus den Augen gewischt.

>> *Na, wir werden sehen, wer hier als Letztes weint.*<<

Nach dem langen Gottesdienst schob sich der alte Mann beim Verlassen der Kapelle direkt vor den Kommissar. Der Mann verbeugte sich vor dem offenen Sarg und küsste das Kreuz, das auf der Brust des Verstorbenen lag. Danach schlurfte er langsam weiter.

Eine dreiviertel Stunde später wiederholte sich die seltsame Szene am offenen Grab auf dem Friedhof neben der Ruine des Kastros aus byzantinischer Zeit. Wieder schob sich der alte Mann rücksichtlos vor den Kommissar.

Der Alte kniete sich auf den Boden und legte eine Lilie auf den Sarg, der in der Erde in einer Betoneinfassung stand und auf seine Abdichtung mit einer unansehnlichen Betonplatte wartete. Danach legte er zusätzlich zwei kleine Gegenstände auf den Sargdeckel. Marinakis, der hinter dem Alten stand, konnte von seiner Position aus nicht erkennen, um was es sich dabei handelte.

Als der Kommissar schließlich einen Blick auf den Sarg werfen konnte und die beiden kleinen Gegenstände deutlich vor sich sah, ließ sich ein breites Grinsen seinerseits nicht verhindern.

>>*Echt jetzt? Du lieferst mir Lösung des Falls auf dem Silbertablett?*<<, dachte Marinakis entgeistert und lächelte dem alten Mann beim Verlassen des Friedhofes dankbar und freundlich zu und nahm

den kleinen Plastikkamm an sich, denn der Alte auf dem Sargdeckel gelegt hatte; direkt neben eine kleine Geldkassette.

*

Um 16 Uhr ließ Marinakis den jungen Geschäftspartner des Toten zu sich ins Präsidium bringen. Eine Stunde später verwickelte sich der Mann in erste Widersprüche und um exakt 19 Uhr – kurz vor dem Abendessen, aber leider mit zwei Tagen Verspätung – hatte Marinakis das Geständnis in schriftlicher Form vor sich liegen.

„Wie sind Sie so schnell auf mich gekommen?", stammelte der Mann mit tränenerstickter Stimme. „Wir haben doch noch nicht mal ausführlich miteinander geredet."

„Ja, haben wir nicht", antwortete Marinakis.

„Dann verstehe ich das alles nicht", heulte der Mann.

„Warum haben Sie einen todbringenden Griff in die Firmenkasse gewagt? Von wieviel Geld reden wir?"

„Das wissen Sie doch alles schon", gab der Mann zurück und riss dann die Augen auf. „Nein, Sie wissen es etwa noch nicht?"

„Nein", erwiderte Marinakis wahrheitsgemäß. „Ich kriege es aber raus. Hat es sich wenigstens gelohnt, dass Sie dafür töten?"

„Es geht um eine halbe Million Euro, Herr Kommissar. Es wurden schon Leute für weitaus weniger Geld umgebracht..."

„Da stimme ich Ihnen zu... Wollten Sie mit der jungen Frau Ihres Geschäftspartners durchbrennen?"

„Mit seiner Frau? Nein! Niemals!"

„Warum nicht?", hakte Marinakis erstaunt nach. „Die Frau ist jung und hübsch. Da bietet sich ein solcher Gedankengang doch nahezu an, oder?"

„Ja, bei Ihnen vielleicht... Nicht aber bei mir! Die junge und hübsche Frau meines Geschäftspartners ist nämlich meine Schwester!"

„Oh... Das wusste ich nicht...", stotterte Marinakis. „Warum dann aber der Griff in die Kasse? Eine andere Frau?"

„Nein, keine Frau", entgegnete der Verhaftete. „Als Wiedergutmachung!"

„Eine Wiedergutmachung? Wofür?", hakte Marinakis nach.

„Kouzinos hat mich geoutet!"

Marinakis hob erstaunt die Augenbrauen.

„Geoutet? Interessiert sich da heutzutage noch jemanden ernsthaft für?"

„Und wie! Sie haben doch auch einen gutaussehenden Mann und eine gutaussehende Frau im Auge und zählen direkt eins und eins zusammen, oder?"

„Touché... Ich bitte um Verzeihung... Ich wollte Sie nicht beleidigen", sagte Marinakis.

„Ich glaube Ihnen, Herr Kommissar. Sie meinen es ehrlich... Mein Vater meinte es auch ehrlich, als er mich letzte Woche enterbte, nachdem ihm Kouzinos gesteckt hat, dass ich mich mit einem Mann verlobt habe… Mir entgeht jetzt ein sicher geglaubtes Familienerbe in Höhe von einer halben Million Euro."

„Ah, ich verstehe", entgegnete Marinakis.

„Sie verstehen das ganz sicher nicht!", widersprach der Verhaftete. „Darf ich Sie etwas fragen, Herr Kommissar?"

„Bitte fragen Sie", gab Marinakis freundlich zurück.

„Wie sind Sie auf mich gekommen? Sie haben mich nie richtig vernommen. Sie wissen noch nicht einmal, welche Summe ich der Firmenkasse entnommen habe. Sie wissen im Grunde rein gar nichts und dennoch sitze ich hier und habe soeben einen Mord gestanden. Wie geht das? Seit wann wissen Sie es? Woher?"

„Seit der Beerdigung von Herrn Kouzinos", erwiderte Marinakis sanft. „Auf die fehlende Summe in der Firmenkasse wäre ich spätestens morgen oder übermorgen nach Durchsicht Ihrer Kontendaten gekommen. Das Begräbnis hat meine Arbeit jedoch erheblich abgekürzt."

„Ich verstehe nicht…"

„Nun, ich konnte meine Ermittlungen etwas abkürzen, weil mir jemand am Grab von Herrn Kouzinos ein deutliches Zeichen in Ihre Richtung gegeben hat."

„Wer hat mich angeschwärzt, Herr Kommissar?"

„Oh, so würde ich das nicht nennen… Zumindest hat niemand wirklich mit mir geredet. Ihr alter Prokurist hat einen Kamm und eine kleine Geldkassette auf den Sarg Ihres Geschäftspartners gelegt und da habe ich eins und eins zusammengezählt."

„Alexandros war's? Scheiße! Sein Sohn ist mein Verlobter!"

"Wie bitte?", fragte Marinakis erstaunt.

„Ja, der alte Alexandros wusste von mir und seinem Sohn. Er konnte einfach nicht damit leben. Wie mein Vater… Alexandros ist ein waschechter Macho. Der ist so konservativ, der würde sogar vor einem uniformierten Hotelpagen salutieren... Wie hat er Ihnen das mit mir mitgeteilt, wenn er nicht mit Ihnen geredet hat? SMS? Mail?"

Marinakis schüttelte den Kopf.

„Er hat einen Kamm und eine Geldkassette auf den Sarg von Herrn Kouzinos gelegt."

„Einen Kamm? Echt jetzt? Ein verdammtes Wortspiel hat Sie auf meine Spur gebracht?"

„Ja, und ich muss Ihnen sicher nicht erklären, dass Kamm auf Griechisch „Chténa" heißt und Ihr Name Achilles Chtenas ist, oder?"

„Nein, das müssen Sie mir nicht sagen, Herr Kommissar... Und ich muss Ihnen sicher nicht sagen, dass der Name Alexandros „der Männer-abwehrende" bedeutet, oder? Nomen est omen..."

(Kloster Panagia Spiliani – Pythagório,Sámos; ©H.M.)

Helgoland

Die Riesin und der Schatzmeister des Wetters

Ich mag es, wenn der Wind das Meer aufwühlt und den Wellen weiße Schaumkronen aufsetzt. Ich finde es toll, wenn sich die Wolken am dunklen Himmel wie wilde Drachenkinder benehmen, die sich ausgelassen jagen und dabei vergnügt um die Wette fauchen.

Ich kann gar nicht genug von dem Anblick bekommen, wenn zwischendurch die Sonne durch die tobenden Drachenkinder scheint und dann das Meer blitzt und blinkt, als hätte ein mächtiger Zauberer die Wasseroberfläche mit funkelnden Diamanten bestreut. Ich liebe meine kleine Insel Helgoland, auf der ich lebe.

Ich heiße Fenja, was irgendwie nicht zu mir passt. Fenja war nämlich vor langer Zeit eine Riesin aus dem Norden und ich bin gewiss keine Riesin. Ich bin viel zu klein für meine zwölf Jahre, wie mein Vater immer behauptet.

Mein Vater sagt aber auch, dass das nichts bedeutet, denn ein Name sucht sich immer den zu ihm passenden Menschen aus. Bei mir muss sich mein Name mit der Auswahl des Menschen geirrt haben, aber ich mag ihn trotzdem. Mein Vater heißt übrigens Jonte, was „der Gütige" bedeutet und meine Mutter heißt Imke, die „fleißige Honigbiene". Da hat's gepasst...

Meine Eltern führen die *„Schenke unten am Lande"*. Mein Vater macht den ganzen Tag, was ein Wirt in einer Schenke zu machen hat und meine Mutter hat die echte Arbeit. Manchmal schimpft sie über die viele Hausarbeit, was ich gut verstehen kann, denn ich muss ihr jeden Tag dabei helfen.

Wenn meine Mutter mit meinem Vater über die ungerechte Aufteilung der Arbeit spricht, sagt er immer, dass er der Kopf der Familie sei und er mehr dazu nicht zu sagen habe. Meine Mutter lässt ihm seinen Glauben. Sie lächelt ihn an und nickt nur stumm. Wenn sich Vater dann zufrieden umdreht und geht, flüstert sie mir leise zu, dass er zwar durchaus der Kopf sei, sie aber der Hals. Und der Kopf könne sich immer nur in die Richtung drehen, die ihm der Hals vorgibt.

Meine Mutter ist wirklich fleißig wie eine Honigbiene. Da hat sich der Name wirklich nicht geirrt. Bei meinem Vater hat sich der Name eigentlich auch nicht geirrt und das ärgert meine Mutter im Grunde noch mehr, als die viele Hausarbeit. Meine Mutter fährt ihren Giftstachel daher immer zur Mitte des Monats aus. Dann geht den Helgoländern nämlich das Geld aus und mein Vater lässt die halbe Insel bei sich anschreiben. Er ist halt sehr gütig und im Grunde überhaupt kein schroffer Fels in der Brandung.

Ganz im Gegensatz zur Insel Helgoland, die ein schroffer Felsbrocken in der Nordsee ist. Im Westen besteht sie aus einem einzigen hohen Kliff, dem *Wester Kliff*. Da oben drauf wohnen die meisten Helgoländer. Dort steht auch der Feuerturm, dessen Feuer dauerhaft brennt und die Seeleute vor den gefährlichen Riffen und Untiefen rund um die Insel warnt. Auf dem Oberland gibt es außerdem viele Felder und kleine Gärten, in denen Kartoffeln, Gemüse und Gerste angebaut werden. Auf dem Oberland leben auch ganz viele freilaufende Schafe und Kühe, die allerdings immer angepflockt herumstehen müssen, damit sie nicht vom Klippenrand fallen.

Viele Leute behaupten, dass Schafe dumm seien. Ich sehe das anders, denn bislang ist noch kein Schaf von der Klippe gestürzt. Dagegen fallen uns immer wieder Kühe auf den Kopf, die sich von ihren Seilen losreißen. Erst vor einem Jahr ist eine Kuh mitten auf dem Dach unserer Schenke gelandet. Das gab eine riesige Sauerei und ein gewaltiges Loch im Dach. Mein Vater spielt seither mit dem Gedanken, die Schenke *Zur fliegenden Kuh* umzubenennen.

Vom Oberland führt eine hölzerne Treppe mit zwei Abgängen hinab ins Unterland, wo wir wohnen. Ein Abgang endet am weitläufigen Nordhafen, der recht ungeschützt ist und nur von großen Seglern benutzt wird, weil er tief genug für sie ist. Der zweite Abgang endet wenige Schritte hinter unserer Schenke. Ansonsten stehen im Unterland nur noch neun weitere Wohnhäuser herum. Kaum jemand will hier unten wohnen, denn das Unterland wird bei jeder Sturmflut überspült. Dabei spielt es keine Rolle, aus welcher Richtung der Wind weht. Wer unten wohnt, bekommt immer nasse Füße.

Dann gibt es noch das schmale Mittelland, auf dem sich der *Woal*, der große Steinwall, befindet. Auf und hinter dem Steinwall stehen kleine Fischerbuden, in denen Werkzeuge, Taue, Netze, Hummerkörbe und natürlich der Fang selbst gelagert werden. Die Fischer ziehen ihre Boote immer auf den Wall, wo sie auch bei Sturm halbwegs sicher sind. Das Mittelland zieht sich hinüber bis zum östlichen Teil der Insel und verbindet das hohe *Wester Kliff* und das Unterland mit der dortigen Sanddüne.

Die unbewohnte Sanddüne ist flach wie ein Teller. Früher gab es dort im nordöstlichen Teil mal einen hohen weißen Kreidefelsen, das *Witte Kliff*. Manche Leute behaupten, dass es dort einst auch Viehweiden und eine Wasserquelle gegeben hätte. Das muss aber sehr lange vor meiner Geburt gewesen sein. Ich kann das kaum glauben.

Wenn ich am Nachmittag mit meiner Arbeit in der Schenke fertig bin und endlich raus darf, sitze ich gerne auf dem Steinwall und schaue den Fischern beim Arbeiten zu. Ich schaue mir von dort aus auch die Boote der Händler an, die im Südhafen auf Reede liegen. Dann träume ich davon, irgendwann über das weite Meer in ferne Länder zu segeln.

Ich weiß natürlich, dass das nicht geht, denn ich bin ein Mädchen und Mädchen fahren nun einmal nicht zur See.

„Auch riesige Mädchen tun das nicht!", sagt mein Vater. Und wenn ich ihn dann traurig anschaue, sagt er sanft zu mir: „Das ist ungerecht, aber es ist leider so… Aber davon träumen ist erlaubt. Und wer weiß, was dir die Zukunft bringt, Fenja?"

Seit gestern gibt es meinen Lieblingsplatz leider nicht mehr. Meine geliebte Insel ist gestern Nacht nämlich kaputt gegangen. Von diesem schlimmen Ereignis erzähle ich euch gleich mehr. Und auch vom „Schatzmeister des Wetters", dem alle Helgoländer ihr Leben zu verdanken haben.

*

Eigentlich hätten wir das schlimme Ereignis kommen sehen müssen. Dunkle Vorzeichen für ein nahendes Unglück hatte es bereits genug gegeben. Wir hätten gewarnt sein müssen, weil sich das Wetter seit Anfang des Jahres total seltsam benahm.

Im Januar hatte ein großer Sturm über der Nordsee gewütet und im Juni hatte eisiger Frost die Insel überfallen und war für eine volle Woche geblieben. Die Kühe waren auf der Weide festgefroren. Sie hatten sich nicht vom Fleck rühren können und muhten vor Entsetzen wie verrückt. Die Tiere taten mir leid, aber immerhin konnten sie dadurch nicht von der Klippe auf unser Haus stürzen. Ein großer Teil der Gerste ging auf den Feldern ein. Im Juli fegte dann erneut ein Sturm drei Tage lang über die Nordsee. Den Rest des Sommers bis zum Beginn des Herbstes blieb es ruhig und wir atmeten erleichtert auf. Doch bereits Anfang November stürmte es erneut und gestern zum Jahreswechsel war es dann endgültig drunter und drüber gegangen.

Das Wetter spielt bereits seit ein paar Jahren verrückt. Das sagen zumindest die Alten. Ich kenne das Wetter nur so wie es ist, aber sie halten es für eine Strafe Gottes. Sie sind sich sicher, dass uns auf der Erde schon bald der Weltuntergang bevorsteht, wenn nicht gar schlimmeres. Über solche Äußerungen lacht unser Helgoländer „Schatzmeister des Wetters" immer laut.

Der Schatzmeister des Wetters heißt eigentlich Jasper. Er ist ein alter Fischer und lässt keine Gelegenheit aus, sich mit den Alten über die Unsinnigkeit einer Gottesstrafe zu streiten. Einen solchen Streit hatte ich im letzten Jahr hautnah miterlebt, als es im Oktober noch immer so heiß auf der Insel gewesen war, wie angeblich nie zuvor. Eine alte Frau war eines schönen Nachmittags auf dem Steinwall erschienen und hatte die Fischer aufgefordert, endlich mal wieder in die Kirche zum Beten zu gehen und Buße zu tun.

„Spinnst du?", hatte Jasper heiser zurückgebrüllt. „Wir sollen beten gehen? Der liebe Gott hat wahrlich andere Sorgen, als sich um das Wetter zu kümmern!"

„Hüte deine Zunge, Jasper. Der Herr sieht und hört alles!", fauchte ihn die alte Frau an.

„Ja, wie die Nachbarn! Die sehen und hören auch alles… Nein, die Kirche betrete ich nicht. Ich wasche mich doch nicht zwischendurch! Ich sage dir, dass der liebe Gott andere Sorgen hat."

„So, hat er das?", rief ihm die Frau erbost zu. „Wie kommst du darauf, du Spinner?"

Jasper verzog seinen Mund zu einem schiefen Lächeln.

„Weil der liebe Gott das Wetter geschaffen hat. Dann hat er es sich selbst überlassen. Und jetzt macht das Wetter, was es will und kümmert sich am liebsten um sich selbst."

„Das ist Gotteslästerung!", keifte die Frau erbost.

Jasper winkte energisch ab.

„Schweig stille, Weib! Vergiss den lieben Gott! Wir müssen lernen, mit den ewigen Wetteränderungen klarzukommen. Wir müssen die Natur und uns vor den Launen der Natur schützen. Wir müssen uns anpassen."

„Was weißt du denn schon vom Wetter und von der Natur?", giftete die Frau weiter.

„Mein Leben hängt vom richtigen Einschätzen der Wolken und des Windes ab. Ich weiß sehr gut, wovon ich spreche", antwortete er ihr ruhig. „Ich bin immerhin Fischer, Weib!"

„Du bist ein alter Dummkopf! Wir müssen Gott um besseres Wetter bitten. Wir müssen etwas gegen unsere Sünden tun. Ich werde am nächsten Sonntag auch für dein Seelenheil beten."

„Ja, mach das, Weib!", lachte Jasper sarkastisch. „Aber sag mir vorher, welche Sünden du beichten willst? Etwa die alten Geschichten aus der Zeit Störtebekers, unsere regelmäßige Strandräuberei oder vielleicht unsere windigen Geschäfte mit jedem neuen Herrn der Insel? Wir hätten wahrlich längst eine neue Sintflut verdient!"

Die Frau wurde bleich und bekreuzigte sich hastig.

„Wir müssen den Herrn um Gnade bitten. Nur dann kann sich alles zum Guten wenden."

Jasper spuckte verächtlich auf den Boden.

„Nur zu! Lauf in deine vermaledeite Kirche und bete für deine und meine verdammte Seele. Doch was das Wetter angeht, sage ich dir: Hilf dir selbst, dann hilft dir Gott!"

„Du alter Narr!", murmelte die Frau verächtlich und bekreuzigte sich erneut. Dann drehte sie sich um und ließ Jasper stehen, der ihr kopfschüttelnd hinterher sah.

„Wer hier wohl der Narr ist?", sagte er leise zu sich selbst. „Das dicke Ende kommt erst noch und Gott der Herr wird damit nichts zu tun haben."

Ich hatte die Geschichte schon fast vergessen. Vor ein paar Wochen kam sie mir jedoch plötzlich wieder in den Sinn, als ich Jasper auf dem Steinwall vor seiner Fischerbude sitzen sah. Er flickte gerade sorgfältig seine Netze und pfiff ein fröhliches Lied vor sich hin. Ich strich eine Strähne meiner strubbeligen roten Haare aus dem Gesicht und sprach ihn an.

„Sag mal, Jasper, was weißt du über Gott?", fragte ich ihn frei heraus.

Jasper hörte auf zu pfeifen, legte seine Arbeit beiseite und lächelte mich an. „Über wen soll ich was wissen?"

„Na, über Gott, Jasper. Was weiß du über Gott?", widerholte ich meine Frage.

„Setz dich zu mir, Fenja", sagte er und zeigte neben sich. Ich zog mir einen Hummerkorb heran und setzte mich darauf.

„Über den lieben Gott weiß ich so viel, wie der Pfaffe auf dem Oberland", sagte er schließlich.

„Und was weiß unser Priester über Gott?", erkundigte ich mich neugierig.

„Der Paffe weiß nichts über Gott und die Welt! Das weiß er erst, wenn er tot ist und dann kann er uns das nicht mehr sagen", antwortete Jasper grinsend.

„Aber… ich… dachte…", stotterte ich enttäuscht. „Weißt du wenigstens was über das Wetter?"

„Über das Wetter weiß ich auch nur wenig mehr, als über Gott", sagte er.

„Aber du bist doch der Schatzmeister des Wetters", erwiderte ich enttäuscht.

„Ich bin der was?", rief Jasper und lachte „Wie kommst du denn auf sowas, mein Kind?"

„Na, weil du Jasper heißt und dein Name „Schatzmeister" bedeutet. Ein Name sucht sich immer einen passenden Menschen aus. Du bist also der Schatzmeister des Wetters."

„Ach, das ist ja lieb. Weißt du denn auch, was dein Name bedeutet?", frage er mich.

„Ja, das weiß ich!", schnaubte ich gereizt und versetzte dem Hummerkorb unter mir einen heftigen Fußtritt. „Fenja war eine nordische Riesin… Mein Name muss sich allerdings die falsche Person ausgesucht haben. Ich bin viel zu klein für mein Alter."

„Und wenn er sich auch bei mir geirrt hat, Fenja?", fragte mich Jasper.

Verdammt! An diese Möglichkeit hatte ich bisher nicht gedacht.

„Vermaledeiter Mist!", fluchte ich unflätig. „Möglich wäre das natürlich, Jasper."

Jasper schüttelte energisch den Kopf. „Nein, ein Name irrt sich tatsächlich nie, Fenja! Da kann ich dich beruhigen. Mit dem Wetter kenne ich mich als Fischer wirklich gut aus. Es gibt da zum Beispiel eine alte Bauernregel, die da lautet: Kräht der

Hahn auf dem Mist, ändert sich das Wetter… oder es bleibt, wie's ist."

Ich machte große Augen. Jasper zwinkerte mir verschwörerisch zu und ließ dabei das breiteste Lächeln sehen, zudem er fähig war.

„Ich will dir was erzählen, Fenja", sagte er grinsend. „Vor achtzig Jahren sah Helgoland ganz anders aus, als heute. Die Hauptinsel bestand damals nur aus einem einzigen riesigen Kliff. Das Unterland war winzig klein. Ein so großes Unterland, wie du es heute kennst, gab es damals noch nicht. Dafür war das Mittelland mit seinem Strand und dem Steinwall bedeutend größer."

„Warum ist das Unterland jetzt so groß?", fragte ich erstaunt. „Und warum ist das Mittelland so klein?"

„Das Meer hat sich bei jeder großen Sturmflut immer wieder ein Stück vom großen Kliff geholt und gleichzeitig spülte es Sand und Steine von der Sanddüne und vom Mittelland ans Unterland. Irgendwann war das große Unterland da und das einstmals große Mittelland war nun im Gegensatz so schmal wie ein Schleimaal."

„Wird unsere Insel denn immer kleiner?", fragte ich ängstlich. „Geht das noch weiter?"

Zu meinem Bedauern nickte Jasper.

„Ja, der Meeresgott knabbert immer an unserem Felsen herum. Das Mittelland war vor langer Zeit gut dreimal so breit wie heute und noch vor zehn Jahren war es wenigstens doppelt so breit wie es heute ist."

„Warum frisst Neptun denn so viel von der Sanddüne und vom Mittelland?"

„Weil die Menschen vor zweihundert Jahren nicht auf die Warnungen anderer Menschen hören wollten", antwortete Jasper ernst. „So wie sie heute nicht auf Warnungen hören, Fenja."

„Auf welche Warnungen denn?", fragte ich erstaunt.

„Auf meine Warnungen zum Beispiel… Du weißt, dass es auf dem östlichen Teil, neben ein paar Sanddünen, auch mal einen riesigen Kreidefelsen gab?", fragte Jasper mich.

Ich nickte.

„Ja, das weiß ich."

„Gut, dass *Witte Kliff* war einst ebenso hoch wie es das *Wester Kliff* es noch heute ist", erklärte Jasper mir. „Dann fing man damit an, es Stück für Stück abzubauen. Die Leute vom Festland kauften uns die Steine ab. Ein klein wenig Wohlstand kam dadurch auf unsere Insel und mit ihm leider auch die Raffgier. Der Kreidefelsen wurde immer kleiner und mit jeder Sturmflut verkleinerte er sich zusätzlich. Auch das Mittelland litt irgendwann unter dem Abbau unseres weißen Goldes, weil es durch das immer kleiner werdende Kliff immer häufiger überspült wurde."

„Und nun lässt es das schlechte Wetter nicht mehr zu, dass wir auf dem Mittelland oder auf der Sanddüne wohnen können. Und auch auf dem Unterland wird es immer schlimmer!", sagte ich wütend.

Jasper schüttelte den Kopf.

„Nein, das Wetter hat damit nichts zu tun! Mit dem Wetter kann unsere Insel sehr gut umgehen. Das Wetter formt sie seit ewigen Zeiten. Auch der Mensch lebte auf Helgoland lange Zeit sehr gut mit dem Wetter. Dann baute er jedoch den großen Kreidefelsen ab. Und damit begannen die Schwierigkeiten für die Insel und für ihn. Er ist schuld daran, nicht mehr auf der Düne wohnen zu können oder auf dem Mittelland. Das Wetter kann nichts dafür."

„Aber wir müssen trotzdem was gegen das übellaunige Wetter tun!", knurrte ich aufgebracht. „Vielleicht können wir das Wetter irgendwie besänftigen?"

„Du willst das Wetter verändern, Fenja?", fragte er mich erstaunt.

„Ja, das will ich!", sagte ich entschieden. „Vielleicht haben wir das Wetter ja schon längst verändert? Das Wetter war doch nicht schon immer so komisch. Mal ist es im Sommer kalt und mal ist es

im Winter warm. Das ist doch nicht normal, o-
der?"

„Doch, das ist normal. Wir Menschen können
das Wetter nicht ändern. Wir sind hochmütig geworden, Fenja. Wir halten uns mittlerweile für so
mächtig, sogar Wetterveränderungen verursachen
zu können. Das Wetter macht jedoch, was es will.
Das ist ein unabänderliches Naturgesetz. Das Wetter war schon immer launisch und wird es immer
sein. Und es wird uns niemals gefallen, was es
macht."

„Wir können also nichts gegen das komische
Wetter tun?", hakte ich noch einmal vorsichtig
nach.

„Nein, Fenja! Wir können aber viel sorgsamer
mit der Natur umgehen, damit uns die Wetteränderungen nicht so hart erwischen. Wir haben ver-
lernt, uns dem Wetter anzupassen. Steigt zum
Beispiel das Wasser, müssen wir in sichere Gebiete
ziehen. Davon können die Friesen auf dem Festland ein Lied singen. Wird es auf der Erde wär-

mer, müssen wir entweder damit zu leben lernen oder in kalte Gebiete ziehen. Wir könnten natürlich auch beten oder das Feuer abschaffen, aber an den stetigen Wetterveränderungen ändert das rein gar nichts."

„Mir gefällt das nicht, dass wir angeblich nichts tun können", sagte ich traurig.

„Mir gefällt das auch nicht, aber das Wetter ändert von allein die Richtung. Diese Richtungsänderungen gefallen uns natürlich nicht. So sind wir nun einmal. Wir wollen immer an Gewohntem festhalten. Die Natur und das Wetter sind da aber seit Ewigkeiten völlig anderer Meinung. So ist es und so wird es immer sein."

„Aber irgendetwas müssen wir doch tun können, oder?", rief ich entrüstet.

„Ja, Fenja. Wir müssen auf unsere Natur achten. Sie bietet uns alles, was wir zum Leben brauchen, auch den Schutz vor dem Wetter. Unsere Vorfahren wussten noch Bescheid über die Zusammenhänge in der Natur. Doch wir müssen erst wieder lernen, uns der Natur und dem Wetter anzupassen. Leider ist Raffgier bei diesem Umlernen ein echtes Hindernis."

„Wir müssen also immer einen sorgsamen Umgang mit der Natur pflegen, auch wenn wir nicht so viel dabei verdienen? So wie mit dem Kreidefelsen damals?"

Jasper lächelte mich freudestrahlend an und nickte.

„Richtig, Fenja! Aus dir wird mal eine echte Riesin... Der sorgsame Umgang mit der Natur ist besonders für uns Inselbewohner wichtig, damit uns das Wetter nicht immer so übel mitspielt."

„Und was können wir auf Helgoland tun?", fragte ich neugierig.

„Für das *Witte Kliff* auf unserer Sanddüne ist es leider zu spät. Aber da kommen in naher und ferner Zukunft ganz bestimmt andere Dinge auf Helgoland zu. Und dann müssen wir Insulaner entsprechend handeln und uns nicht von möglichem Wohlstand blenden lassen", antwortete Jasper.

„Das hoffe ich sehr!", sagte ich und schaute ihn gleichzeitig traurig an. „Ich habe das *Witte Kliff* leider nie gesehen, Jasper."

„Ja, das weiß ich. Vor neun Jahren hat man den letzten unauffälligen Rest des Kreidefelsens abgebaut und die Sanddüne danach wie eine flache Brotscheibe sich selbst überlassen. Eines Tages wird es auch das Mittelland und den Steinwall nicht mehr geben", sagte er.

„Das darf nicht passieren!", rief ich entrüstet und sprang vom Hummerkorb auf.

„Vielleicht passiert das sogar schon sehr bald, Fenja", sagte Jasper leise.

„Sag das nicht!", rief ich entrüstet. „Mit sowas macht man keine Scherze."

Leider hatte mir Jasper an jenem Tag auf dem Steinwall die Wahrheit gesagt, wie ich schon bald erfahren sollte. Und davon erzähle ich euch jetzt.

*

Ich freute mich riesig auf den Gottesdienst am Silvesterabend. Doch meine Freude wurde durch das Wetter getrübt, das mal wieder durchdrehte. Am gestrigen Morgen waren von Osten her Wind und Regen aufgekommen. Am Nachmittag wurde es für eine Stunde windstill und sonnig und viele Helgoländer verließen ihre Häuser erleichtert und hielten ihre Köpfe ins helle Licht. Sie freuten sich wie ich auf die Messe und auf eine ruhige Silvesternacht. Den Neujahrsmorgen malten sie sich wohl auch in den schönsten Farben aus, doch Jasper war über die Insel gelaufen und rief uns Warnungen zu.

„Das ist nur die Ruhe vor dem Sturm, Leute! Da kommt noch was richtig Großes auf uns zu!"

Die Leute lachten ihn wie immer aus, gingen aber doch beunruhigt in ihre Häuser zurück und warteten ängstlich ab. Es kam tatsächlich so, wie Jasper es vorhergesehen hatte. Ohne Vorwarnung drehte der Wind am späten Nachmittag auf Südwest und wehte von da an so stark, dass kein Mensch mehr draußen vernünftig gehen oder aufrecht stehen konnte.

Ich versuchte es natürlich trotzdem, denn ich wollte unbedingt in die Kirche gehen. Ich schoss Jaspers Warnung wortwörtlich in den Wind, schlich mich an meinen Eltern vorbei und versuchte die Treppe ins Oberland zu erreichen, die sich hinter unserem Haus befand. Ich musste auf allen Vieren zum Aufgang kriechen, so heftig wehte es. Kaum berührte ich die erste Stufe mit einer Hand, als direkt neben mir eine Dachschindel einschlug. Spontan beschloss ich, den Kirchgang ausfallen zu lassen.

Ich ging enttäuscht früh zu Bett und wälzte mich lange Zeit unruhig hin und her. Mitten in der Nacht schreckte ich aus meinem traumlosen Schlaf auf. Ich lauschte in die undurchdringliche Dunkelheit meiner kleinen Kammer unter dem Dach und versuchte, mich zu orientieren. Plötzlich huschte ein eisiger Hauch durch den Raum und ich zog meine Bettdecke bis über das Kinn. Der heftige Wind draußen brüllte und fauchte wie ein wütender und in Eisenketten gelegter Drache. Der Sturm zerrte unablässig an unserem Haus.

Von meinen Eltern hörte ich nichts. Entweder schliefen Vater und Mutter tief und fest ein Stockwerk tiefer in ihrer Kammer oder ich hörte sie wegen des heftigen Windes nicht, obwohl sie womöglich hellwach waren und am Fenster im Schankraum über den Verlauf des Sturmes wachten. Vermutlich warfen sie gerade ängstliche Blicke auf den Südhafen und den Steinwall, der bereits vor dem Schlafengehen von nahezu jeder Welle überspült wurde, die auflief.

Ich dachte gerade darüber nach, was wohl geschehen würde, wenn in der Mitte der Nacht der Höchsttand des auflaufenden Wassers erreicht sein würde, als es einen gewaltigen Schlag gab! Im gleichen Augenblick wurde der hölzerne Fensterladen vom Wind abgerissen und flog auf Nimmerwiedersehen in Richtung Nordhafen davon. Der Sturm musste seit heute Nachmittag noch mehr an Stärke zugenommen haben. Das Brausen dröhnte jetzt ohne Unterbrechung in meinen Ohren. Das ganze Haus erbebte unter den andauernden Windstößen und schien dabei zu schwanken, wie ein kleines Fischerboot auf dem Meer.

Trotz des brüllenden Windes wurde ich wieder müde. Kurz vor dem Einschlafen geschah etwas Außergewöhnliches. Ganz plötzlich begann die Luft um mich herum in einem grünen Licht zu brodeln. In meiner Kammer tanzte ein Tod bringendes Lauffeuer! Diese Lauffeuer zeigen sich den Menschen eigentlich nur auf der Nordseite der Klippe und nicht auf dem Unterland. Doch vor meinen Augen tanzte ganz eindeutig eine solche Lichterscheinung. Ich hielt die Luft an, als mich auch noch eine wispernde Geisterstimme ansprach, die mir irgendwie bekannt vorkam.

„Hüte dich vor dem Graben, Fenja!", krächzte die Geisterstimme in meinem Zimmer.

„Hier gibt es keinen Graben!", rief ich ängstlich.

„Hüte dich vor dem Graben!", wisperte es erneut durch den Raum.

„Wenn du mir Angst einjagen willst, dann komm doch her!", fauchte ich wütend und spürte, wie mein Gesicht errötete und gleichzeitig heiß wurde. „Ich bin… Ich bin Fenja... und ich bin eine Riesin!"

Auf dieses Stichwort schien der unheimliche Geist leider nur gewartet zu haben. Das flackernde Licht am Fußende meines Bettes wurde stärker und gleichzeitig vernahm ich schlurfende Schritte auf der Stiege zu meiner Kammer. Schließlich verstummten die Schritte vor meiner Kammertür. Ich hörte ein dumpfes Geräusch, als wenn jemand einen schweren Kartoffelsack fallen ließ. Ich hielt den Atem an und blickte nervös vom Lauffeuer hinüber zur Zimmertür und wieder zurück.

Die Riesin in mir wurde wieder ganz klein, als sich die Tür schließlich öffnete und ich die grünlich schimmernde Gestalt erblickte, die lautlos über die Türschwelle glitt und neben meinem Bett innehielt. Ich schrie auf, als ich den Geist erkannte, der mich gerade aufsuchte: Es war Jasper!

Ihr müsst wissen, dass man sich auf Helgoland seit jeher Geschichten über Geistererscheinungen erzählt, die als Vorspuk über die Insel stromern. Diese Geister ähneln meist noch lebenden Helgoländern und je nachdem, ob der Geist eine Kopfbedeckung trägt oder nicht, kann man erkennen, ob dem Besuchten ein naher Tod bevorsteht. Letzteres ist immer dann der Fall, wenn der Geist mit bloßem Haupt erscheint. Vor mir schwebte in der Silvesternacht der schemenhafte Geist des alten Fischers Jasper und er trug glücklicherweise seine Fischermütze.

„Jasper, wenn du es bist, dann musst du…", sagte ich leise und unterbrach mich dann selbst.

„Ja, Fenja", antwortete mir der Geist von Jasper. „Ich bin tot."

„Oh, nein!", schrie ich und sofort schossen mir Tränen in die Augen.

„Weine nicht, Kleines. Ich bin hier, um dich zu warnen. Ihr alle auf dem Unterland seid in großer

Gefahr. Der Wall wird nicht länger halten. Der Durchbruch des Mittellandes ist nah."

„Ein Durchbruch?", fragte ich entsetzt. „Der Steinwall wird brechen?"

„Das Mittelland wird untergehen! Rettet euch nach oben. Schnell! Euch bleibt nicht mehr viel Zeit!"

Nach diesen Worten verschwand Jasper durch das Fenster nach draußen und das Lauffeuer erlosch. Plötzlich war es stockdunkel im Raum.

Ich sprang aus dem Bett und huschte geduckt zum Fenster. Da der Fensterladen fehlte, konnte ich problemlos hindurchschauen. Ich presste mein glühend heißes Gesicht gegen das kalte Fensterglas und starrte in die Nacht hinaus. Die grün leuchtende Gestalt von Jasper schwebte langsam über das Mittelland zum Steinwall hinüber. Die Gischt und die umherfliegenden Fetzen von Seegras beeindruckten ihn nicht. Die riesigen Wellen, die den Strand überspülten, schienen ihm ebenfalls nichts auszumachen. Schließlich hielt er an und zeigte nach unten. Ich hörte seine Stimme erneut. Diesmal war sie direkt in meinem Kopf.

„Das ist die Stelle, Fenja. Hier wird das Mittelland durchbrechen. Du musst mir vertrauen, Kleines. Für alles, was auf der Welt geschieht, gibt es einen Grund."

Ich nickte und in diesem Augenblick löste sich der Geist von Jasper vollständig auf und verschwand. Es wurde stockdunkel auf dem Steinwall. Nichts war mehr zu sehen, keine Gischt, keine Woge, nichts! Nur die unbändige Gewalt des Sturmes war noch zu spüren, weil das Fensterglas ununterbrochen erzitterte und klirrte.

Ich sprang vom Fenster weg. Dabei stieß ich mit dem Kopf an einen tiefhängenden Balken und sah einen Moment lang bunte Sterne und bunte Kühe durch meinen Kopf sausen. Dann ging es mir wieder besser. Ich riss die Tür auf und sprang mit einem Satz die Stiege hinunter zur Kammer meiner Eltern. Ich schaute in ihre Schlafkammer. Niemand war im Raum. Also waren Vater und Mutter tatsächlich unten im Schankraum. Ich drehte mich um, und sprang die nächste Stiege mit einem Satz hinab… und mitten hinein in die Arme meines verdutzt dreinschauenden Vaters.

„Um Himmels Willen, Fenja!", rief er erschreckt. „Was ist los, mein Kind?"

„Das Mittelland, Vater… der Steinwall wird brechen… der alte Jasper war bei mir… Wir müssen hier sofort weg!", schluchzte ich aufgewühlt.

„So beruhige dich doch, Kind. Du siehst aus, als wäre der Leibhaftige hinter dir her", sagte mein Vater ruhig, während sich meine Mutter bekreuzigte.

„Erzähl uns, was los ist, Fenja", bat sie mich schließlich sanft.

Ich holte tief Luft. „Jasper war gerade bei mir. Er hat mich gewarnt."

„Der alte Jasper war bei dir?", hakte Vater nach. „Oben bei dir in der Kammer? Wie ist er da hineingekommen?"

„Jasper hat mich vor dem Graben gewarnt. Das Mittelland wird versinken. Wir müssen so schnell wie möglich nach oben!", antwortete ich, ohne auf die Frage meines Vaters einzugehen.

„Jetzt? Bei diesem Sturm? Bist du von allen guten Geistern verlassen, Kind?", rief er ungläubig.

„Nein, Vater", schluchzte ich. „Ich habe im Gegenteil alle guten Geister beisammen."

„Lass das Kind endlich mal ausreden, Jonte!", sagte meine Mutter streng zu ihm. „Fenja hat einen Geist gesehen. Sie weiß, was sie sagt. Sprich weiter, Kind."

Ich nickte. „Der Geist von Jasper war bei mir in der Kammer… Aber woher weißt du das, Mutter?"

„Ja, woher weißt du das, Imke?", fragte mein Vater erstaunt. „Wenn Fenja den Geist von Jasper gesehen hat, dann… Also, heute Nachmittag war er noch gesund und munter."

„Der alte Jasper ist tot, Jonte. Auch ich habe seinen Geist vorhin am Fenster vorbeischweben sehen", sagte Mutter leise und mein Vater hielt sich vor Schreck eine Hand vor den Mund.

„Ja, Vater, der alte Jasper ist tot. Er hat mich vor dem Durchbruch des Mittellandes gewarnt. Kurz danach ist er aus dem Zimmer hinüber zum Steinwall geschwebt. Dort hat er auf eine Stelle irgendwo in der Mitte gezeigt und hat sich dann nach einer weiteren Warnung in Luft aufgelöst", sagte ich.

„Oh, mein Gott!", rief mein Vater. Er schaute abwechselnd zu mir und zu Mutter und wurde gleichzeitig immer bleicher. „War Jasper barhäuptig, Kind?"

„Nein, er trug seine Fischermütze", antwortete ich ihm wahrheitsgemäß.

„Gott sei Dank! Dann wird alles gut!", keuchte Vater und bekreuzigte sich.

„Wir müssen fort von hier, Vater! Wir müssen die anderen Leute warnen!"

Mein Vater schüttelte den Kopf. „Bei dem Sturm kommen wir nicht zu den anderen Häusern, Kind."

„Aber wir müssen was tun! Irgendwas müssen wir doch tun!", schrie ich ihn wütend an.

Mein Vater sagte nichts. Er dachte angestrengt nach. Schließlich traf er eine Entscheidung.

„Ich werde zum Steinwall hinüber gehen", sagte er schließlich energisch „Ich schaue mir die Sache an und dann entscheiden wir, wie es weitergeht. Bevor wir uns alle in große Gefahr begeben, muss ich sicher sein, wie es um das Mittelland steht."

„Du willst da hinaus gehen, Jonte?", fragte meine Mutter entsetzt. „Du willst zur Wasserkante gehen? Willst du dich umbringen?"

„Ich weiß, dass ich mich in Gefahr bringe, Imke. Das Wasser spült bereits hüfthoch über den Wall. Es fehlt nur noch wenig und die Nordsee steht bei uns im Schankraum… Ich weiß, dass es gefährlich ist, aber es muss sein."

„Bitte geh' nicht, Vater!", flehte ich.

„Ich kann nicht einfach Alarm schlagen, ohne vorher nachgeschaut zu haben. Wenn bei einer unnötigen Flucht jemand zu Tode kommt, werde ich mir zeitlebens schwere Vorwürfe machen."

„Und wenn durch den Durchbruch jemand zu Tode kommt?", fragte ich ihn und stemmte meine Arme in die Hüften.

„Gut, gut, gut... Ich verstehe euch, aber ich muss dort nachschauen. Lasst mich nachdenken."

Mein Vater lief von einer Ecke des Raums zur nächsten. Er schaute unter jede Bank und endlich fand er, was er suchte. Triumphierend hielt er uns ein aufgewickeltes Tau entgegen.

„Das Seil ist sehr lang!", rief er hoch erfreut. „Das sollte für meine Zwecke genügen. Ich werde mir das Seil um den Bauch binden und das andere Ende am Stützbalken der Zimmerdecke festmachen. Dann gehe ich hinüber zum Wall. Sollte mich das Wasser fortspülen, könnt ihr mich mit vereinten Kräften zurück ins Haus ziehen."

„Ich weiß nicht, Jonte", gab meine Mutter zu bedenken. „Das ist nicht gerade deine beste Idee."

Auch ich hielt das für keine gute Idee, aber wenn sich mein Vater einmal etwas in den Kopf gesetzt hatte, ließ er selten von einer Idee wieder ab. In dieser Sache ähnelten wir uns sehr. Das gute Aussehen hatte ich von meiner Mutter, den Sturkopf aber ganz eindeutig von meinem Vater.

Er zog seinen Wachsmantel an, band sich das Seil fest um die Hüfte und griff nach der angezündeten Sturmlaterne, die an einem Haken neben der Eingangstür hing.

„Dann mal los! Alles wird gut!", sagte er mit fester Stimme und riss die Tür auf.

Eigentlich riss er die Tür nicht auf. Sie wurde ihm vielmehr vom Sturm aus der Hand gerissen und ins Haus geschleudert. Der aus den Angeln gehobenen Tür folgten sofort ein Sturzbach eisigen Salzwassers und jede Menge Seegras, Muscheln und kleine Steine. Alles prasselte in den kleinen

Raum und wir waren sofort bis auf die Knochen nass.

Mein Vater ließ sich davon nicht beeindrucken. Er ignorierte das Debakel und stapfte fest entschlossen aus dem Haus. Er hielt mehr oder weniger schnurstracks gegen den Wind auf den Steinwall zu. Ein halbes dutzendmal wurde er von den Beinen gerissen und von den Wellen überspült. Zweimal wurde er sogar zwei oder drei Fuß hoch in die Luft gehoben. Nichts vermochte seinen Entschluss zu ändern, sich den Steinwall auf dem Mittelland näher anzuschauen.

Schließlich erreichte er die Wasserkante und lief den Wall langsam von West nach Ost ab. Immer wieder hielt er an und schüttelte den Kopf. Er fand wohl nichts! Zwar spülte das Meer über den Steinwall hinweg, aber ansonsten war anscheinend alles ganz normal. Dann erreichte er jedoch die Stelle, an der auch der Geist von Jasper inngehalten hatte. Ohne zu zögern machte mein Vater kehrt und rannte wie der Teufel zum Haus zurück.

„Da ist ein Graben!", brüllte er im Laufen. „Da ist ein gewaltiger Graben!"

Er stolperte zurück ins Haus und rang nach Luft. Als er wieder etwas mehr Puste hatte, schaute er Mutter und mich mit entsetztem Blick an.

„Der Graben ist so breit wie drei oder vier Männer lang sind. Das Wasser läuft durch ihn hindurch, wie durch ein Priel im Watt. Das Mittelland wird nicht mehr lange halten. Wir müssen hier weg!"

Meine Mutter griff nach ihrem Wachsmantel und zog ihn sich über. Dann hielt sie auch mir einen Mantel entgegen.

„Zieh dir den Mantel an, Kind", befahl sie. „Und hol deine Puppe von oben. Wir haben bereits vorhin das Nötigste und die Wertsachen in einen Sack gepackt. Wenn du wieder unten bist, können wir sofort los!"

Ich zögerte keinen Augenblick und hastete die zwei Stiegen hinauf in meine Kammer. Dort riss ich meine Puppe aus dem Bett, griff nach meinem

Kamm und stopfte mir zum Schluss auch meine geliebte Bettdecke unter den Mantel. Dann raste ich wieder hinunter in den Schankraum, wo ich bereits sehnsüchtig erwartet wurde. Vater hielt mir ungeduldig ein langes Stück des Seilendes entgegen. Meine Eltern hatten sich bereits fest im Tau eingewickelt. Jetzt fehlte nur noch ich.

„Wir binden uns aneinander", erklärte er mir. „Das Seil ist dann immer noch lang genug und reicht bis zur Treppe. Du gehst vor. Ich kann dich sofort packen, wenn etwas passiert."

„Aber wenn uns das Wasser wegspült?", fragte ich ängstlich.

„Das Wasser kann uns zwar ein Stück weit forttragen, aber es wird uns nicht bis in den Nordhafen spülen. Los, schnür dich gut ein, Kind."

„Was geschieht mit den anderen Leuten hier im Unterland, Vater?"

„Wir werden den Wächter auf dem Oberland auffordern, Alarm zu schlagen. Mehr können wir nicht tun."

Ich nickte niedergeschlagen. Das war mir zwar entschieden zu wenig, aber im Grunde blieb keine andere Wahl. Beim Versuch, die anderen aus den Häusern zu holen, würden wir bei dem Wind und den Wassermassen garantiert umkommen und damit wäre niemandem gedient gewesen.

Wir kontrollierten noch einmal, ob wir auch gut ins Seil eingewickelt waren und machten uns dann auf den kurzen Weg zur hölzernen Treppe, die ins Oberland führte. Keiner von uns ahnte in diesem Augenblick, dass wir unser Haus niemals im Leben mehr wiedersehen würden.

Der Sturm warf uns sofort um. Kaum lagen wir am Boden, überspülte uns eine gewaltige Woge. Aus den Augenwinkeln heraus sah ich, dass das Wasser durch die offene Eingangstür bis weit in unser Haus eindrang. Wir rappelten uns mühsam auf und wankten weiter in Richtung Treppe. Der Weg dahin war eigentlich nur ein kleiner Katzensprung. Bei diesem Sturm aber kam es uns vor, als sei die Strecke um das Vierfache angewachsen.

Schließlich erreichten wir den Fuß der Treppe, doch jetzt begann das Übel erst richtig. Der Sturm erschwerte jeden unserer Schritte und wir konnten kaum die Beine heben, um von einer Stufe zur nächsten zu gelangen. Gleichzeitig wurden wir unaufhaltsam nach vorne geschoben. Wir klebten auf der Treppe fest. Nach einer gefühlten Ewigkeit erreichten wir endlich das Wachthaus auf dem Oberland und Vater klopfte energisch gegen die Tür. Erst rührte sich nichts, dann hörten wir Schritte und schließlich öffnete sich ein kleines Guckloch in der Tür. Ein rotnasiger Mann blickte grimmig und müde hinaus. Er erkannte meinen Vater sofort.

„Jonte? Was machst du mit deiner Familie hier draußen? Seid ihr lebensmüde?"

„Schweig stille, Mann!", brüllte mein Vater den Wächter an und übertönte das Tosen des Windes nur wenig. „Das Mittelland wird durchbrechen! Noch heute Nacht! Schlag Alarm! Wir müssen die anderen Leute warnen."

„Das Mittelland wird durchbrechen, sagst du?", hakte der Wächter ungläubig nach. „Spinnst du, Jonte? Das Mittelland wird durch den Steinwall geschützt!"

„Der Wall besteht aus Kreidestein!", fauchte mein Vater. „Aus dem gleichen weichen Stein, aus dem auch unser weißes Kliff einstmals bestand. Der Wall ist so weich, wie das Watt vor dem Festland. Er wird brechen und mit ihm das Mittelland. Und das schon sehr bald!"

Der Wächter reagierte nicht auf die ernsten Worte meines Vaters. Er starrte vielmehr mit glasigen Augen an ihm und an uns vorbei. Die Wolkendecke war aufgerissen und der Mond hervorgetreten. Sein fahles Licht fiel jetzt auf den Wall und auf das tosende Meer. Wir folgten dem entgeisterten Blick des Wächters und das, was wir im Licht des Mondes sahen, ließ uns bis ins Mark erschaudern.

Vor dem Südhafen hatte sich eine riesige Welle aufgebaut. Diese Welle bahnte sich gerade eben unaufhaltsam ihren Weg durch das flache Wasser des Südhafens auf das Mittelland und den Steinwall zu. Als sie den Strand erreichte, nahm die Welle noch an Größe zu und als sie dann brach, begann sie ihr zerstörerisches Werk. Das grausige Geräusch, das entstand, als das Wasser mit großer Kraft zuerst den Steinwall und dann das Mittelland entzweiriss, brannte sich für immer in meinen Kopf ein.

Das Wasser überspülte das gesamte Mittelland und das Unterland und auch der untere Teil der Treppe wurde vollständig fortgerissen. Ich spürte die Erschütterung in den Beinen, denn ich stand ganz oben auf der Treppe.

Wir warteten gespannt darauf, dass sich das Wasser wieder vom Land zurückzog, doch diesen Gefallen tat uns das Meer nicht. Dort, wo noch vor wenigen Augenblicken das Mittelland mit dem Steinwall gewesen war, klaffte nun eine riesige Lücke, durch die man bequem mit einer Schaluppe hätte hindurchfahren können. Durch diese riesige Lücke strömte unablässig das Wasser vom Südha fen in den Nordhafen. Die schmale Landverbindung zwischen der Hauptinsel und der Sanddüne gab es nicht mehr und wird es von heute an bis in alle Ewigkeit nicht mehr geben!

*

Jetzt wisst ihr, warum es das Mittelland seit heute Nacht nicht mehr gibt. Auch das Unterland ist kaum mehr wiederzuerkennen. Die Schenke meiner Eltern, vier weitere Häuser auf dem Unterland und sämtliche Fischerbuden auf dem Mittelland sind zerstört und fortgespült.

Wie durch ein Wunder ist niemand, außer dem armen Jasper, gestorben. Die Bewohner der vier zerstörten Häuser hatten glücklicherweise doch auf unseren „Schatzmeister des Wetters" gehört und bereits am Vormittag Zuflucht bei Verwandten auf dem Oberland gesucht. Die anderen Bewohner waren zwar geblieben, hatten aber zum Glück nur nasse Füße bekommen.

>>*Für alles, was auf der Welt geschieht, gibt es einen Grund*<<, hatte Jasper mir in der Nacht gesagt.

Ich wünsche es mir für die Zukunft sehr, doch ich glaube nicht, dass die gewaltsame Teilung der Insel Helgoland uns Menschen schnell dazu bringen wird, unser Verhalten gegenüber der Natur zu ändern. Es wird wohl noch viele weitere Unglücke dieser Art geben müssen, bis sich wirklich etwas ändert. Ich hoffe sehr, dass wir uns irgendwann besinnen und etwas an unserem gedankenlosen Verhalten gegenüber der Natur ändern.

Ich mag es, wenn der Wind das Meer aufwühlt und den Wellen weiße Schaumkronen aufsetzt. Ich finde es toll, wenn sich die Wolken am dunklen Himmel wie wilde Drachenkinder benehmen, die sich ausgelassen jagen und dabei um die Wette fauchen.

Ich kann gar nicht genug von dem Anblick bekommen, wenn zwischendurch die Sonne durch die tobenden Drachenkinder scheint und dann das Meer blitzt und blinkt, als hätte ein mächtiger Zauberer die Wasseroberfläche mit funkelnden Diamanten bestreut.

Der fürchterliche Sturm ist vorüber. Heute weht fast kein Lüftchen und die Sonne scheint vom blankgeputzten Himmel. Das Wasser strömt unaufhaltsam durch die neu entstandene Öffnung zwischen der Hauptinsel und der Düne und macht den Graben immer breiter und tiefer.

Wenn ich es nicht besser wüsste, würde ich in diesem friedlichen Augenblick denken, das sei hier schon immer so gewesen. Hier auf meiner kleinen Insel Helgoland, die jetzt zwar kaputt ist und die auch keinen „Schatzmeister des Wetters" mehr hat, aber dafür seit gestern Nacht eine echte Riesin – nämlich mich, die Riesin Fenja.

Meine Geschichte: Behutsam korrigierte Fassung meines Beitrags zum Helgoländer Schreibwettbewerb (2020; Platz 5) basiert auf einer wahren Begebenheit:

Vor 300 Jahren, in der Silvesternacht 1720/1721 um genau zu sein, kam es zu einer gewaltigen

Sturmflut, in deren Verlauf das Mittelland und der schmale Steinwall – die Landverbindung zwischen der Hauptinsel und der Sanddüne im Osten – durchbrochen wurde.

Einige Häuser und Fischerbuden wurden weggeschwemmt, aber wie durch ein Wunder kam damals keine Menschenseele zu schaden. Der Durchbruch erreichte bereits am Neujahrsmorgen eine Wassertiefe von etwa vier Faden, also von rund 8 Metern.

Das Wetter spielte auch im Jahr 1721 weiter verrückt. Im Februar gab es an der Nordseeküste eine große Eisflut. Dann wurde es kurzzeitig milder. Doch bereits Mitte März hatte erneut starker Frost das Land im Griff. Im April gab es einen starken Sturm.

Der Frühling war dafür mild und sehr nass und der anschließende Sommer heiß und trocken. Im Herbst und Vorwinter ging das Land in einem Dauerregen unter. Glücklicherweise wurde der Winter dann sehr mild und es stürmte kaum.

Das Vieh war darüber sicherlich sehr glücklich. Zumindest galt das für die wenigen überlebenden Tiere der großen Viehseuche, die das Land im gleichen Jahr heimgesucht hatte. (Quelle: Christian Kuss "Jahrbuch denkwürdiger Naturereignisse in den Herzogthümern Schleswig und Holstein vom elften bis zum neunzehnten Jahrhundert (Band 2); Herausgeber Busch; 1825; Altona)

Sámos

Eine griechische Tragödie

Kommissar Marinakis stand barfuß im heißen Sand und blickte angestrengt durch die Gläser seiner Sonnenbrille zu dem voll besetzten Ausflugsboot hinüber, das soeben kurz vor dem Erreichen der Anlegestelle von der Küstenwache zurück nach Pythagório geschickt wurde.

>>Sorry, Leute, heute werdet ihr wohl oder übel auf euren Strandbesuch verzichten müssen<<, murmelte er ein wenig mitfühlend in sich hinein.

Marinakis konnte sich die Enttäuschung der Erholungssuchenden an Bord des kleinen Kahns von seinem Kumpel Manolis sehr gut vorstellen, doch er konnte nichts daran ändern, dass die Leute heute nicht in den Genuss des schönen Sandstrandes von Psili Ammos kamen. Ein Leichenfundort musste nun einmal weiträumig abgesperrt werden.

Manolis drehte direkt nach der Aufforderung zur Umkehr bei und drosselte den Motor. Er griff zu seinem Mobiltelefon, wählte eine Nummer und wartete. Marinakis nahm sein Telefon aus der Hosentasche und wartete. Als der Klingelton ertönte, nahm er den Anruf entgegen.

>>*Lass' mich raten...*<<, murmelte er und drückte grinsend die Annahmetaste.

„Ja?"

„Hey, Evangelos! Bis du das, der da hinten am Strand steht und den Tag genießt?", fragte Marinakis Kumpel Manolis hörbar verschnupft.

„Ja, das bin ich. Dir auch einen schönen guten Morgen, Manolis", erwiderte Marinakis. „Was gibt's?"

„Ich komme dir gleich rüber, Alter!", schimpfte der Kapitän des kleinen Ausflugsbootes gereizt „Wir haben in Griechenland ein verbrieftes Recht auf freien Zugang zum Strand! Warum kann ich nicht anlegen? Was ist los bei euch?"

„Dein verbrieftes Recht ist mir heute irgendwie schnurz!", konterte Marinakis. „Ich habe hier einen Toten liegen! Da kann man leider nichts machen."

„Da liegt aber niemand am Strand, Alter!"

„Nein, der Tote liegt auf dem bröckeligen Stück Holz, das du ohne Baugenehmigung hier hingestellt hast und großzügig als Anlegesteg bezeichnest."

„Ach, du kannst mich mal!", fauchte Manolis, schlug aber direkt danach einen erheblich freundlicheren Ton an. „Wo ich dich gerade an der Strippe habe... Steht unser Auftritt heute Abend?"

„Klar! 20 Uhr bei Vangelis in der Taverne", antwortete Marinakis. „Aber heute stimmst du deine Gitarre bitte ordentlich. Nur gut, dass meine Bouzouki so verdammt laut ist und die meisten Gäste einen schrägen Rembetiko für normal halten."

„Du kannst mich wirklich mal kreuzweise!", schimpfte Manolis gespielt. „Bis heute Abend, Alter! Hol' dir keinen Sonnenstich. Mein Cousin zählt auf uns. Die Hütte wird heute Abend voll werden und die Leute wollen Musik."

„Geht klar! Fahr' du bitte zurück nach Pythagório und gib' den Leuten das Geld zurück."

„Von wegen!", gab Manolis zurück.

„Dann tuckere weiter nach Charavgí", fuhr Marinakis fort. „Da ist es auch ganz schön."

„Das kostet dich nachher was, Evangelos."

„Ganz sicher nicht! Und jetzt mach', dass du hier endlich wegkommst. Wir haben zu arbeiten."

Manolis legte auf und rief dem Kommissar zum Abschied über seinen Bordlautsprecher ein herzhaftes „Malákas" zu, ließ den Motor aufheulen, wendete und rauschte schließlich mit weiß schäumender Bugwelle in Richtung Pythagório davon.

>>Verdammt!<<, fluchte Marinakis. An den Auftritt heute Abend hatte er gar nicht mehr gedacht. Er hatte sich eigentlich auf ein bis drei kühle Bier auf seiner Terrasse mit Meerblick gefreut. Jetzt würden es mindestens drei kleine Flaschen Ouzo in einer proppenvollen Taverne werden und ein

riesiger Grillteller. Immerhin stimmte am Ende des Tages die Kalorienzahl.

Marinakis liebte die Musik. Er hatte das Spielen der Bouzouki und der Balglamás beim inselbekannten Instrumentenbauer und Musiker Elias Harlaftis gelernt.

Während seiner Zeit in Athen war er nicht oft zum Spielen gekommen. Seit er wieder zurück auf Sámos war, hatte er jede Gelegenheit genutzt, öffentlich aufzutreten. Finanziell brachte das nichts ein, aber man sparte sich das Geld für ein Abendessen und kühle Getränke.

Der Kommissar riss sich von seinen angenehmen Gedanken an den Abend los und stapfte durch den heißen Sand zum Anlegesteg, auf dem bereits der Gerichtsmediziner eifrig am Werkeln war.

„Und?", fragte er den Gerichtsmediziner, der schwitzend neben der Leiche kniete.

„Fragen Sie mich das immer, wenn Sie am Tatort auftauchen?", fragte Vavaresos irritiert.

„Ja, ist mein Markenzeichen", antwortete Marinakis grinsend. „So wie Sie mir gleich mit Ihrem Fachwissen antworten werden."

„Wenn Sie das brauchen...", lächelte der Arzt. „Der Mann ist ertrunken, Marinakis."

Marinakis verzog das Gesicht zu einem breiten Grinsen.

„Jetzt wollen Sie mich aber auf den Arm nehmen, oder?", fragte Marinakis mit gerunzelter Stirn. „Der Tote ist gut und gerne 80 Jahre alt und sitzt trocken, aufrecht und angeschnallt in einem gottverdammten Rollstuhl! Wie soll er da ertrunken sein?"

„Keine Ahnung, Marinakis", stimmte der Arzt dem Kommissar zu. „Klingt seltsam, aber oft sind die Dinge nicht so, wie sie auf den ersten Blick scheinen."

„Ach, sind sie das nicht?"

„Nein."

„Unser Toter hat sich also abgeschnallt, ist ins Wasser gehüpft, dort ertrunken und dann zum

Trocknen zurück in seinen Rollstuhl geklettert?", entgegnete Marinakis und grinste den Gerichtsmediziner schelmisch an. „Echt jetzt?"

„Das habe ich nicht gesagt", sagte der Mediziner.

„Der Mann hat nicht zufälligerweise ein Wunder vollbracht? Das ist nicht zufällig Jesus, oder? Denn wenn ja, bin ich die Jungfrau Maria."

„Sie sind im Leben keine Jungfrau mehr, Marinakis", stellte der Gerichtsmediziner fest. „Ihre Idee ist außerdem so ziemlich das Blödeste, was ich seit Langem von Ihnen gehört habe."

„Na, das tut mir jetzt aber weh, Doktor. Wie lautet denn Ihre dumme Idee des Tages?"

„Ich würde niemals eine derart dumme Theorie aufstellen, "konterte der Angesprochene. „Andererseits ist Ihre Idee so nun auch wieder nicht, Marinakis."

Marinakis zog die Augenbrauen hoch.

„Die Theorie sollte ein verdammter Scherz sein!", rief er. „Wie kann jemand ertrinken, wenn er vollkommen trocken außerhalb eines Gewässers sitzt?"

„Das ist eine gute Frage", gab der Arzt zu. „Sie werden lachen, aber man spricht auch dann von einem Ertrinken, wenn das bedauernswerte Opfer erst zu einem späteren Zeitpunkt stirbt."

„Wann später?", hakte Marinakis nach.

„Auch dann, wenn das Opfer eine Woche später im Krankenhaus stirbt."

„Wow! Dann könnte es sich also tatsächlich so zugetragen haben, wie ich es gerade gesagt habe?", fragte Marinakis unsicher.

„Vielleicht nicht ganz so, aber so ähnlich", sagte der Arzt. „Ich habe keine Ahnung. Sie sind hier der Kommissar. Finden Sie es raus."

„Der Mann ist also ertrunken also… Hm", brummelte Marinakis vor sich hin. „Ungewöhnlich."

„Nicht unbedingt", stellte der Arzt fest. „Wussten Sie eigentlich, dass wir Griechen das Ertrinken praktisch erfunden haben?"

„Den Tod durch Ertrinken durch zu viel Ouzo vielleicht", erwiderte Marinakis belustigt. „Ich mache hin und wieder Musik in der Taverne eines Freundes. Ich weiß, wie sich dieses Ertrinken anfühlt."

„Quatsch! Galenos von Pergamon nahm seinerzeit an, dass ein Ertrinkender so viel Wasser schlucken würde, dass er schließlich an Überfüllung von Magen und Darm sterben würde", führte der Gerichtsmediziner sachlich aus.

„Beim Tod durch Ouzo trifft das doch zu, oder nicht?"

„Sie sind ein elender Geschichtsbanause, Marinakis. Und ein schlechter Musiker obendrein, wenn Sie mit dem Ouzo nicht zurechtkommen."

„Ja, von wegen! Kommen wir bitte zurück zur Todesursache des Alten, okay?"

„Die genaue Todesursache kann ich Ihnen erst nach der Obduktion liefern, aber der Mann ist mit Sicherheit ertrunken. Ich habe vor dem Mund und in der Nase des Toten einen leichten Schaumpilz entdeckt."

„Was ist ein Schaumpilz?", fasste Marinakis nach.

„Das sind kleine Schaumbläschen und diese Bläschen sind ein sicheres Zeichen für einen Tod durch Ertrinken."

„Kann es sich um Mord handeln?"

„Ich kann Ihnen beim besten Willen nicht sagen, ob hier ein Unfall, ein Suizid oder ein Tötungsdelikt vorliegt", erwiderte der Arzt. „Ich kann Ihnen nur sagen, dass der Mann mit wirklich sehr großer Wahrscheinlichkeit ertrunken ist, auch wenn man das in Anbetracht der besonderen Umstände auf den ersten Blick als ziemlich hirnrissig bezeichnen würde."

Marinakis sagte nichts. Er legte seine Hände auf den Rücken, schnalzte mit der Zunge und begann, sich langsam um die eigene Achse zu drehen. Dabei schaute er sich ausgiebig um.

„Was wird das bitte?", fragte der Gerichtsmediziner verwirrt. „Üben Sie für einen Folkloretanz?"

Marinakis schüttelte den Kopf

„Schauen Sie sich mal um, Doktor. Fällt Ihnen etwas auf?"

„Nein, sollte es?"

„Sie sind zu sehr auf die Toten fixiert. Sie vergessen das Umfeld."

„Ach, mache ich das?", fragte Vavaresos verwirrt.

„Schauen Sie genau hin", forderte Marinakis den Doktor auf und zeigte vor sich auf den Boden. „In ein paar kleinen Vertiefungen rund um den Rollstuhl mit dem Toten befindet sich etwas Wasser."

„Stimmt, das sehe ich", bestätigte der Arzt.

„Hat es heute Nacht geregnet, Doktor?"

„Nein, ganz sicher nicht. Der nächste Regen kommt frühestens im Herbst. Wir haben Juli."

„Genau, Vavaresos, wir haben Juli. Regen gab es in der Nacht also keinen und so wie der Anlegesteg aussieht spritzt mein Kumpel Manolis seinen Anlegesteg auch niemals ab."

„Worauf wollen Sie hinaus, Marinakis? Ich kann Ihnen nicht folgen."

„Mir schwant da etwas, Doktor", lautete Marinakis geheimnisvolle Antwort.

Er bückte sich und steckte einen Finger in eine kleine Pfütze neben dem Rollstuhl. Er hielt sich den Finger vor die Nase, roch kurz daran, leckte den Finger mit der Zungenspitze an und nickte zufrieden.

„Der Fall ist gelöst!", fuhr er zufrieden fort.

„Das ist nicht Ihr Ernst, oder?", entfuhr es dem Arzt.

„Doch! Ich kann ja nicht immer auf einen Verräter hoffen, der mich weiterbringt. Ich muss ja auch selbst mal was rausfinden, oder?"

„Und wer ist der Täter?", wollte Vavaresos wissen. „Raus mit der Sprache!"

Marinakis antwortete dem Gerichtsmediziner nicht sofort. Er richtete sich langsam auf und schaute den Steilhang hinauf, der hinter ihm aufragte.

„Ich weiß es noch nicht, aber ich weiß wo der Täter wohnt", sagte Marinakis und zeigte nach oben.

Knapp 20 Meter über ihm schmiegte sich ein kleines Hotel an den felsigen Steilhang. Auf einem ausladenden Balkon der Herberge saßen zwei ältere Herrschaften, die ihm von ihrem Hochsitz aus bei der Arbeit zusahen. Von Zeit zu Zeit hob der Mann eine kleine Digitalkamera in die Höhe. Marinakis grinste breit.

„Wenn der Prophet nicht zum Berg kommt, muss der Berg halt zum Propheten kommen. Ist es nicht so, Doktor? Ich werde dann mal hurtig den Fall abschließen."

„Gut, machen Sie das", erwiderte der Arzt und verdrehte die Augen. „Bevor Sie noch völlig durchdrehen, mache ich mich lieber auf den Weg. Ich melde mich heute Abend mit dem Ergebnis der

Obduktion und Sie nennen mir den Täter, Marina-kis."

Der Kommissar nickte gedankenverloren.

„Bis neulich, Vavaresos… Schicken Sie mir bitte meinen Kollegen Kostas her, wenn Sie ihn sehen. Vermutlich flirtet er mit der jungen Vermieterin der Strandliegen oder lässt sich von einer Chinesin massieren."

Drei Minuten später stand Inspektor Kostas Ma-nios vor dem Kommissar.

„Und? Wie war die Massage?", fragte er seinen jungen Kollegen frei heraus, um ihn zu necken.

Kostas war unschuldig, errötete aber trotzdem.

„ Ich habe mich nicht massieren lassen. Während du am Strand in der Sonne standest, habe mich durchgefragt. Jetzt weiß ich, wer der Tote ist."

„Werd' nicht frech, Kostas... Was hast du her-ausgefunden?"

„Der Tote heißt Nikos Alimoundos, ist 78 Jahre alt und lebt hier bei seinem Sohn und seiner Schwiegertochter. Die beiden jungen Leute betreiben das kleine Hotel da über uns. Ein kleiner, feiner Schuppen… Das Haus gehört dem Alten", fasste der Inspektor zusammen und zeigte nach oben.

„Das Hotel gehörte ihm, mein Lieber… Jetzt nicht mehr… Sonst noch was?"

„Nee, nich' so richtig. Der Sohn und die Schwiegertochter sind zutiefst erschüttert. Sie lieben ihren Vater über alles."

„Das tun sie immer, Kostas", meinte Marinakis.

„Die Beiden sagten mir, sie hätten den Alten immer gewarnt."

„Wovor haben sie ihn immer gewarnt?", hakte Marinakis interessiert nach.

„Der Alte hatte es wohl schwer am Herzen… und am Kopf, wenn d Du verstehst?"

„Nein, nicht so richtig. Willst du damit andeuten, dass der Alte ein Dummkopf war?"

„Nein, beginnende Demenz", fügte der Inspektor hinzu.

„Großer Mist sowas! Wovor haben sie den Alten denn immer gewarnt?"

„Vor dem nächtlichen Angeln, Chef."

„Vor dem nächtlichen Angeln?"

„Ja, der Alte ging jede Nacht zum Angeln an den Anlegesteg."

„Ich sehe hier weit und breit keine Angel, Kostas."

„Die wird dem Alten bei seinem Herzinfarkt wohl ins Wasser gefallen sein und ist bestimmt auf dem Weg in die Türkei."

„Der Mann hatte keinen Herzinfarkt. Der Alte ist laut Doktor Vavaresos ertrunken, mein Lieber. Und nicht einfach so ertrunken, er wurde ermordet!"

„Ich werd' verrückt! Ertrunken? Hier auf dem Trockenen?", entfuhr es dem Inspektor.

„Mach' den Mund zu! Sowas geht..."

„Echt?"

„Ja… Ich werde mal mit den beiden Touristen da oben sprechen, die uns die ganze Zeit beobachten."

„Gehst du jetzt hoch?"

„Nein, ich will mit den Beiden allein und hier unten reden… Hol' sie mir bitte her und sag' dem Mann, er soll unbedingt seine Digitalkamera mitbringen."

„Oh, Mann, ich hasse die Treppen! Aber weil du es bist… Bin gleich zurück."

Kostas drehte sich und wollte losstürmen. Marinakis hielt ihn jedoch zurück.

„Warte!", rief er.

„Was ist noch?"

„Sei bitte freundlich zu den Herrschaften. Das sind wichtige Zeugen und keine Verdächtigen."

„Ich bin doch kein Depp, oder?"

„Fangfrage, oder?"

*

Zehn Minuten später stand das ältere Paar vor dem Kommissar. Der Mann lächelte Marinakis traurig an.

„Mein Name ist Henry Malone. Das ist meine Frau Loreen", stellte der Mann sich und seine Begleiterin vor. „Die Sache mit Nikos nimmt uns sehr mit."

„Das tut mir leid," erwiderte Marinakis sanft.

„Wie können wir Ihnen helfen, Herr Kommissar?", fuhr der Mann in fließendem Griechisch fort.

„Sie sprechen sehr gut Griechisch, Herr Malone. Sie sind aber kein Grieche, oder?", fragte Marinakis erstaunt.

„Danke! Wir kommen seit über 30 Jahren für ein halbes Jahr am Stück her. Da schnappt man das ein oder andere Wort auf… Wir kommen aus Schottland. Das Wetter ist hier besser. Wir sind Freunde der Familie und Nikos… Verdammte Sache mit dem Herzen und der Demenz!"

„Ist Ihnen oder Ihrer Frau heute Nacht etwas Ungewöhnliches aufgefallen?"

„Nein, mir ist nichts aufgefallen. Wenn ich schlafe, können Sie neben mir Dudelsack spielen… Meiner Frau hat aber etwas bemerkt."

„Was ist Ihnen aufgefallen?", fragte Marinakis die Frau freundlich.

Loreen Malone räusperte sich verlegen.

„Ach, das ist vermutlich nicht der Rede wert, Herr Kommissar. Ich bin so zwischen drei und halb vier vom Geräusch eines Außenbordmotors aufgewacht. Ich bin aber sofort wieder eingeschlafen."

„Ihnen ist ein Motorengeräusch aufgefallen?"

„Ja, aber das Laufenlassen von Motoren kommt hier häufiger vor. Die Männer fahren mitten in der Nacht zum Fischen raus… Einer der Männer hat dann ja auch vorhin den armen Nikos gefunden… Der geht nachts immer Angeln, obwohl ihm seine Kinder… Besser, er ging Angeln, Herr Kommissar."

„Ja, sehr tragisch", gab Marinakis geistesabwesend zurück. „Ist Ihnen bekannt, ob Herr Alimoundos Feinde hatte?"

Beide Schotten schüttelten energisch den Kopf.

„Nikos? Nein!", antwortete der Mann. „Nikos war eine Seele von einem Menschen."

„Das mag sein, aber nicht immer wissen das die Mitmenschen zu schätzen. Als Polizist spreche ich da aus leidvoller Erfahrung."

„Das glaube ich Ihnen gerne, Herr Kommissar, doch Nikos hatte ganz sicher keine Feinde."

„Feinde hatte er vielleicht nicht", sagte Marinakis. „Hatte er aber möglicherweise Streit mit seinem Sohn oder mit seiner Schwiegertochter?"

„Um Gottes willen! Wo denken Sie hin, Herr Kommissar? Thanassis und Eleni kümmern sich rührend um ihn! Thanassis hat vor Jahren sogar sein Medizinstudium aufgegeben, um das Hotel zu modernisieren.", entrüstete sich die Frau.

„Aha... Ja, die liebe Familie geht uns Griechen über alles. Aber manchmal auch auf die Nerven… Fotografieren Sie viel, Herr Malone?"

„Ähm, ja. Warum fragen Sie das?"

„Fotografieren Sie auch hier am Strand?"

„Nicht mehr so häufig. Wir kennen hier ja alles."

„Haben Sie vielleicht trotzdem neue Fotos vom Strand?"

„Ja... Warum fragen Sie das?"

„Weil es mir möglicherweise bei der Auflösung des Falles helfen kann."

„Ja, ich habe gestern Abend ein paar Fotos gemacht."

„Vielleicht auch vom Anleger?"

„Ja, zufälligerweise... Zwei Frauen aus dem Dorf haben neben dem Anleger ein paar Tintenfische auf einem Felsen windelweich geklopft. Das habe ich fotografiert."

„Kann ich die Bilder sehen?"

„Gerne."

Der alte Mann gab dem Kommissar die kleine Kamera.

„Sie müssen hier drücken, dann…"

„Danke, ich kenne mich mit der Technik aus."

Marinakis drückte auf den gezeigten Knopf. Die Kamera ging an und auf dem Display erschien ein Foto. Das letzte Bild zeigte ihn in Nahaufnahme, wie er sich den feuchten Zeigefinger ableckte.

„Sorry, Herr Kommissar, ich werde das Bild selbstverständlich löschen."

Marinakis schielte über den Rand der Kamera zu Herrn Malone und grinste den Schotten freundlich an.

„Kein Thema, behalten Sie das Bild", sagte er freundlich und drückte dann weiter zurück. Nach ein paar unscharfen Aufnahmen folgten drei gestochen scharfe Bilder vom Anleger und den Frauen mit den Tintenfischen.

„Alles trocken… dachte ich mir", nuschelte er. „Bis auf die Stelle neben dem Anleger, an der die Frauen die Tintenfische bearbeiten."

„Wie bitte?"

„Wissen Sie, wem das Boot gehört, das da auf dem Bild zu sehen ist?"

„Das ist das Motorboot von Thanassis. Das liegt immer an der roten Boje, Herr Kommissar."

Der Kommissar blickte auf. Die rote Boje schaukelte lustig auf der Wasseroberfläche. Sie hatte viel Platz, um sich frei zu bewegen, denn an ihr hing kein Boot. Der alte Schotte folgte dem Blick des Kommissars.

„Seltsam… Das Boot ist weg… Nein, es liegt da hinten am Strand. Sehen Sie es, Herr Kommissar?"

Marinakis nickte und gab dem Mann die Digitalkamera zurück.

„Kann ich mir kurz die Speicherkarte ausleihen? Sie bekommen Sie gleich zurück."

„Natürlich, Herr Kommissar."

Der Kommissar winkte Kostas zu sich, der sich unauffällig im Hintergrund gehalten hatte.

„Hol' deinen Computer aus dem Wagen und zieh' die letzten 10 Bilder von der Kamera drauf."

„Geht in Ordnung."

Der Kommissar wandte sich wieder den beiden Schotten zu.

„Ich bedaure zutiefst, dass Sie das hier erleben müssen."

„Ja, wir auch, Herr Kommissar", sagte die Frau leise und unterdrückte dabei ein Schluchzen.

„Sie haben mir sehr geholfen. Der Inspektor wird ihnen gleich die Karte zurückbringen. Ich werde derweil dem Sohn des Verstorbenen meine Aufwartung machen."

Marinakis gab den Beiden die Hand und ließ das alte Ehepaar dann stehen. Er verließ den Anleger und stapfte barfuß zwischen zwei Tavernen die schmale Treppe zum Hotel hinauf. Thanassis Alimoundos saß auf der Türschwelle der offenen Eingangstür und blickte ihm erwartungsvoll entgegen.

„Ich bin Kommissar Marinakis. Sind Sie Herr Thanassis Alimoundos?"

„Ja, der bin ich. Ich habe Sie bereits erwartet, Herr Kommissar."

„Nun bin ich da, Herr Alimoundos"

„Ja, nun sind Sie da", flüsterte der Mann.

„Ich würde Ihnen gerne mein Beileid aussprechen, aber in Anbetracht der Situation verzichte ich wohl besser darauf", sagte Marinakis ernst und blickte dem jungen Mann tief in die Augen.

„Ja, das verstehe ich gut", erwiderte der Sohn des Verstorbenen und senkte beschämt den Kopf.

„Sie werden Ihren Stammgästen Henry und Loreen die Sache mit dem Tod Ihres Vaters erklären müssen, Herr Alimoundos."

„Ja, das werde ich wohl erklären müssen."

„Warum haben Sie Ihren Vater getötet?", fragte Marinakis frei heraus.

Thanassis Alimoundos sprang auf.

„Ich? Ermordet? Ich habe meinen Vater nicht umgebracht! Es war ein Unfall!", schrie der junge Mann aufgebracht.

„Das war kein Unfall, junger Mann! Das war Mord!", entgegnete Marinakis entschieden.

„Nein! Mein Vater hatte einen Herzanfall. Er hatte ein schwaches Herz. Ich habe nichts mit seinem Tod zu tun!", widersprach der junge Mann.

„Sie wollen mir ernsthaft einen Herzanfall verkaufen, Herr Alimoundos?", fragte Marinakis den Sohn des Toten kopfschüttelnd. „Für einen kurzen Moment habe ich tatsächlich geglaubt, dass Sie vernünftig seien und Ihre Tat eingestehen würden. Ich habe mich leider in Ihnen getäuscht."

„Ich weiß nicht, was Sie von mir wollen?", schimpfte der Mann.

„Ihr Vater ist ertrunken! Auf dem Trockenen! Denken Sie genau nach, was Sie mir wirklich sagen wollen, Herr Alimoundos."

Der junge Mann setzte sich und vergrub den Kopf zwischen seinen Händen. Marinakis setzte sich daneben und wartete. Nach fünf Minuten räusperte sich der Mann.

„Hören Sie, Herr Kommissar, ich bin 38 Jahre alt", sagte er leise.

„Ja, und? Was wollen Sie mir damit sagen?"

„Mein Vater ist vor 40 Jahren fremdgegangen, Herr Kommissar."

„Das kommt recht häufig vor", gab Marinakis zurück.

„Ja, leider... Vor zwei Tagen kam ein Brief aus Athen. Seither weiß ich, dass ich einen zwei Jahre älteren Halbruder habe!"

„Meinen Glückwunsch zum Familienzuwachs, Herr Alimoundos."

„Ja, jeder andere Mensch hätte sich vielleicht tatsächlich ein wenig gefreut."

„Oder auch nicht, oder?", fragte Marinakis.

„Genau! Wohl eher nicht... Ich habe mich zumindest nicht gefreut, denn mein Vater wollte in den nächsten Tagen sein Testament zu Gunsten meines neuen Halbbruders ändern. Ich hätte das Hotel verloren. Dafür hätte ich seine scheiß Farm draußen in Rizovrachos bekommen."

>>*Oh, Mann!*<<, dachte Marinakis genervt. >>*In Athen musste ich mich mit allen möglichen Mordmotiven rumschlagen. Hier scheint es nur tödliche Streitigkeiten um Testamente zu geben.*<<

„Eine Farm ist doch auch was, oder nicht?"

„Eine scheiß Farm?", schnaubte Alimoundos.

„Klar! In diesen schweren Zeiten kann man mit Gemüse durchaus viel Geld verdienen", antwortete Marinakis.

„So, kann man das? Ich will das aber nicht! In diesem kleinen Hotel stecken mein Herzblut, mein Schweiß und meine Kohle, Herr Kommissar. Und dann kommt plötzlich ein Scheißkerl aus Athen daher und setzt sich ins gemachte Nest. Nicht mit mir!"

„Das ist eine typisch griechische Tragödie!", entgegnete Marinakis.

„Wie bitte?"

„Eine griechische Tragödie... Sie schildern mir ein Mordmotiv wie aus der Bibel, Herr Alimoundos… Wie bei Kain und Abel. Der erste Mord in der Menschheitsgeschichte", dozierte Marinakis.

„Wie auch immer, Herr Kommissar", sagte Alimoundos kopfschüttelnd. „Ich habe meinen Vater aber nicht ermordet!"

„Nein? Sind Sie sich da wirklich ganz sicher?"

„Ja... Ich habe ihn in der Nacht zu einer Unterredung am Anleger gebeten. Wir haben uns unterhalten und er wollte nicht von der Testamentsänderung ablassen. Wir haben uns gestritten und irgendwann hat er sich ans Herz gegriffen und war tot."

„Schlimme Sache, Herr Alimoundos, aber falsch!"

„Mein Vater hatte ein schwaches Herz!"

„Nun, wenn der Prophet nicht zum Berg kommt, muss der Berg halt zum Propheten kommen."

„Wie bitte? Sie sprechen in Rätseln, Herr Kommissar. Was wollen Sie von mir? Ich leide!"

„Sie leiden nicht, Sie lügen!", sagte Marinakis mit harter Stimme. „Sie haben Ihren Vater getötet!"

„Nein!", schrie Alimoundos aufgebracht und sprang auf den Kommissar zu.

Marinakis wich dem ungestümen Schlag aus, riss sein rechtes Bein nach oben und rammte dem Mann sein Knie in den Unterleib. Thanassis Alimoundos sackte zusammen und blieb wimmernd auf der Treppe liegen.

>>Endlich nimmt hier ein Fall mal die Züge einer Mordermittlung in Athen an<<, dachte Marinakis zufrieden

„Setzen Sie sich hin und atmen Sie tief durch, Herr Alimoundos!"

Thanassis Alimoundos setzte sich gehorsam auf und rieb sich den schmerzenden Unterleib.

„Es war wirklich ein...", keuchte er.

„Nein!", unterbrach Marinakis den Mann. „Es war kein Herzanfall, Herr Alimoundos. Sie haben Ihren Vater mit Waterboarding umgebracht. Waren Sie zufälligerweise mal beim Geheimdienst?"

„Waterboarding? Geheimdienst? Quatsch! Wollen Sie mich verarschen?", fauchte Alimoundos und rang dabei nach Luft..

„Sie waren ganz sicher nicht beim Geheimdienst, denn Sie haben den Mord fürchterlich stümperhaft ausgeführt. Ihre Idee entbehrt aber nicht einer gewissen Raffinesse! Das muss ich zugeben."

„Ich… Aber… Es war kein…", stotterte Alimoundos. Marinakis schnitt ihm erneut barsch das Wort ab.

„Der Berg muss zum Propheten kommen, wenn der Prophet nicht zum Berg kommen will... Ich will damit sagen, dass Sie das tödliche Wasser zu Ihrem Vater brachten, denn ihn ins Wasser zu bekommen, war nicht so leicht möglich. Außerdem hatten Sie ja einen Herzanfall geplant, nicht wahr?"

„Nein, es war ein Unfall!", fauchte Alimoundos.

„Sie können es nicht lassen, oder?", fasste Marinakis nach.

„Ich war verärgert und völlig außer mir, Herr Kommissar. Ich bin irgendwann ins Boot gesprungen und habe den Motor angelassen. Die Schraube war nicht ganz im Wasser und da ist er nass geworden und hat einen Herzanfall erlitten."

„Nein!", sagte Marinakis scharf. „Hätten Sie das Boot nach der Tat am Anleger gelassen, hätte mich das vielleicht verwirrt und Ihre Unfallgeschichte in anderem Licht dastehen lassen, aber so… Nein!"

„Was ist denn mit dem Boot!", fragte Alimoundos leise. „Was ist damit?"

„Das Boot war noch nicht einmal der Kardinalfehler. Viel blöder war, dass Sie Ihren Vater nach seinem Tod trockene Sachen angezogen haben. Da hätten Sie ihm auch gleich ein Geständnis an sein Hemd heften können."

„Ich… Ich hatte panische Angst, dass man mir die Sache mit dem Unfall nicht glaubt. Daher sollte es nach einem einfachen Herzanfall aussehen… Ich wollte ihn außerdem nicht so nass liegen lassen. Seine Würde…"

„Seine Würde?", fauchte Marinakis. „Sie haben Ihren Vater ermordet, wollen es als einen Unfall hinstellen und sprechen von Würde?

„Aber...", stammelte der junge Mann.

„Sie haben viele kleine Fehler gemacht, doch mit dem Anziehen Ihres Vaters haben Sie den kapitalsten Bock geschossen."

„Was...? Wieso...?"

„Sie sind beinahe Mediziner. Sie wussten genau, was Sie taten, als Sie den Außenborder Ihres Bootes anwarfen und ihren Vater absichtlich mit Wasser bespritzten."

„Worauf wollen Sie hinaus?"

„Das kalte Wasser, das Ihr Vater schluckte, führte zu einem reflektorisch ausgelösten Blutdruckabfall und zur sofortigen Bewusstlosigkeit. Sie wussten, was passieren würde. Nur für einen laienhaften Außenstehenden hätte das kurz nach einem Herzanfall ausgesehen.... Ihr Vater ist im vielen Spritzwasser ertrunken."

„Das ist nicht wahr!"

„Doch, das ist wahr, Herr Alimoundos!",
schnaubte Marinakis „Und vor allem zieht sich ein
nasser Ertrunkener eben nicht selbst wieder was
trockenes an. Das war Ihr Fehler!"

„Ach, Scheiße!", fluchte der junge Mann und
funkelte Marinakis böse an. „Mein Vater wollte
mir das Leben versauen. Das müssen Sie verstehen, Herr Kommissar."

„Sie haben sich Ihr Leben heute Nacht selbst
versaut!", erwiderte Marinakis ungerührt. „Ich
verhafte Sie wegen Mordes an Ihrem Vater Nikos
Alimoundos. Kommen Sie bitte mit."

*

Auf dem Weg zum Streifenwagen begegnete Ihnen
das Ehepaar Malone. Der alte Schotte stellte sich
Ihnen in den Weg.

„Was ist passiert, Thanassis? Hast du etwas mit
dem Tod deines Vaters zu tun?"

„Es tut mir so leid, Henry"

„Mein Gott! Wir kennen uns seit 30 Jahren, Junge. Du warst damals noch ein Kind… Warum?"

„Es war wegen dieses Bastards…"

„Das alles wegen der Sache mit deinem Halbbruder aus Athen?", fragte der Schotte entsetzt.

Thanassis Alimoundos schlug die Augen nieder.

„Ihr wisst davon?"

„Ja, klar! Dein Vater hat uns gestern von seinem Fehltritt erzählt. Er wollte sein Testament zu deinen Ungunsten ändern."

„Genau das wollte ich verhindern", sagte Alimoundos leise.

„Dein Vater hatte eine beginnende Demenz! Ich habe ihm die Änderung des Testaments gestern Nachmittag ausgeredet und ihm gleichzeitig medizinische Hilfe angeboten. Er hat meine Hilfe angenommen."

„Aber…"

„Ich bin Arzt, Thanassis. Wir wären in den nächsten Wochen zu euch nach Sámos gezogen. Wir haben ihm unsere Hilfe angeboten. Er hat eingewilligt. Es wäre alles beim Alten geblieben."

(Die blaue Straße – Pythagório,Sámos; ©H.M.)

Helgoland

Vollmondzauber

Ihr dürft mir gerne zuhören, wenn ihr wollt; ich erzähle euch ein friesisches Märchen, in dem keine einzige Lüge vorkommt, höchstens vielleicht das ein oder andere Wort.

Habt ihr schon einmal von der geheimnisvollen Stadt Atlantis gehört?

Atlantis befand sich einst an der friesischen Küste. In der großen Stadt glänzten die Dächer der unzähligen Häuser, der vielen Tempel und des prächtigen Königspalastes golden in der Sonne. Die zahlreichen Handwerker, Bauern, Schafhirten, Kaufleute und Fischer lebten dort fröhlich und zufrieden. Das galt aber leider nicht für alle Menschen.

Den jungen Fischer Alrik hatte ein hartes Los getroffen. Sein Vater war gestorben und Alrik, der selbst noch ein Kind war, musste seither für seine kranke Mutter, seine drei kleinen Schwestern und für sich sorgen. Da er keine große Erfahrung mit dem Fischen hatte, brachte er seine Familie mehr schlecht als recht über die Runden und so lebte die Familie in großer Armut.

Alrik vermisste seinen Vater sehr. Er war oft traurig und die Arbeit auf dem Meer fiel ihm schwer. Er schaffte es vor Kummer kaum, jeden Tag vor Sonnenaufgang mit dem Boot in See zu stechen, und am Nachmittag bis in den späten Abend hinein die Netze zu flicken.

Eines Tages fuhr er wieder einmal traurig und schlecht gelaunt mit seinem Boot zu einer kleinen Düne hinaus, die ganz in der Nähe der Hafenein-fahrt lag. Er warf missmutig die Netze aus.

„Ach, wäre ich doch nur ein Seehund!", jammer-te er vor sich hin.

„Warum?", fragte plötzlich jemand laut und deutlich hinter ihm.

Alrik wirbelte herum, doch da war niemand. Er war ganz allein auf dem kleinen Boot.

„Hey, du! Ich habe dich gefragt, warum du gerne ein Seehund wärst?", bohrte die Stimme hinter ihm ungeduldig weiter.

„Wer ist da?", fragte Alrik ängstlich.

„Ich bin es!", kam es prompt zurück.

„Wer bist du denn und wo versteckst du dich?", rief Alrik.

„Schau mal ins Wasser", sagte die Stimme von hinten.

Alrik spähte vorsichtig über die Bordwand ins Wasser. Hinter seinem Boot zankte sich ein Seehund mit einer ungezogenen Möwe um einen kleinen Fisch, den er vor wenigen Augenblicken gedankenverloren über Bord geworfen hatte. Als der Seehund Alrik sah, ließ er die Möwe gewinnen und prustete laut.

„Hallo! Hier bin ich!", rief der Seehund Alrik zu.

„Das kann nicht sein!", sagte Alrik aufgeregt. „Ein Seehund, der sprechen kann."

„Ja, und? Du kannst doch auch sprechen", erwiderte der Seehund.

„Ich bin ein Mensch und Menschen können sprechen", rief Alrik.

„Und ich bin ein Seehund und Seehunde können auch sprechen", sagte der Seehund entschieden. „Warum willst du eigentlich lieber ein Seehund sein, als ein Fischer?"

Alrik machte ein miesepetriges Gesicht und seufzte erneut.

„Mein Vater ist tot und die Arbeit auf See ist zu schwer für mich. Meine Mutter und meine kleinen Schwestern müssen hungern, weil ich so ungeschickt beim Fischen bin. Alle anderen Menschen in der Stadt leben dagegen in Saus und Braus", sagte Alrik traurig

„Das ist gemein", erwiderte der Seehund mitfühlend. „Aber was würde es ändern, wenn du ein Seehund wärst? Deine Familie wäre dann sicher sehr traurig."

„Das stimmt, aber wenn ich ein Seehund wäre, müsste ich nicht jeden Tag zum Fischen hinausfahren", sagte Alrik. „Ich könnte Fische fangen und meiner Familie bringen und ich könnte durch die Wellen sausen und mir die sieben Weltmeere anschauen. Ich wäre der glücklichste Seehund auf der ganzen Welt."

„Das Leben als Seehund ist kein großes Vergnügen", antwortete ihm der kleine Seehund und schüttelte dabei energisch den Kopf.

„Warum nicht?", fragte Alrik erstaunt.

„Das Fische jagen ist anstrengend. Ich wäre viel lieber ein Fischer wie du. Ich müsste mich dann nicht jeden Tag mit den Möwen streiten oder in den dunklen Tiefen der See den dummen Fischen hinterherschwimmen. Ich könnte sie mir einfach aus dem Netz holen und mir danach auf der Düne den gefüllten Bauch in der Sonne wärmen. Ich wäre wohl der glücklichste Fischer auf der ganzen Welt", sagte der Seehund. „Ich heiße übrigens Bentje und wie heißt du?"

„Ich heiße Alrik."

„Du, Alrik, ich habe eine tolle Idee!", rief Bentje freudig aus.

„Du hast eine Idee?", fragte Alrik neugierig.

„Wie wäre es, wenn du dich an meiner Stelle in den sieben Weltmeeren umschaust, während ich an deiner Stelle viele leckere Fische mit deinem Boot und den Netzen fange?", fragte Bentje und Alrik hatte das seltsame Gefühl, als lächelte ihn Bentje bei dieser Frage schelmisch an. Er rieb sich das Kinn und kratzte sich nachdenklich am Kopf.

„Aber wie soll das gehen? Schau dich und mich doch mal genau an", sagte Alrik und zeigte dabei abwechselnd auf seine dünnen Arme und Beine.

„Was soll mit uns sein?", fragte Bentje erstaunt. „Und warum fuchtelst du mit den Armen herum?"

„Na, weil ich mit meinen dünnen Armen und Beinen längst nicht so gut schwimmen kann wie du. Und wie willst du es schaffen, mit deinen unbeholfenen Flossen die Netze auszuwerfen und wieder einzuholen?"

„Ha, das ist doch ganz einfach!", lachte Bentje laut

„Das ist einfach?", fragte Alrik verwundert.

„Ja, wir Seehunde können zaubern. Ich werde mich in dich verwandeln und du verwandelst dich in mich", erwiderte Bentje entschieden.

Jetzt war Alrik noch mehr erstaunt. Nicht nur, dass er es mit einem sprechenden Seehund namens Bentje zu tun hatte. Jetzt konnte das Tier angeblich sogar noch zaubern.

„Du kannst zaubern? Und wie verzauberst du uns?", fragte Alrik aufgeregt.

„Nichts einfacher als das!", schnaubte Bentje selbstbewusst. „Komm, wir setzen uns auf die Düne. Ich erzähle dir dort, wie wir es machen werden."

Alrik lenkte das Boot auf den Strand der Düne und sprang mit einem kräftigen Satz in den weißen Sand. Er setzte sich und Bentje robbte ganz dicht an ihn heran.

„Der Zauber funktioniert nur in einer Vollmondnacht. Heute Nacht ist zufälligerweise Vollmond. Wir treffen uns hier kurz vor Mitternacht. Ich streife mein Seehundfell ab und verwandele mich augenblicklich in ein Menschenmädchen, während du…"

„Du bist ein Mädchen?", unterbrach Alrik Bentje erstaunt.

„Ja, hast du ein Problem damit?", knurrte Bentje.

„Äh, nein… kein Problem", gab Alrik kleinlaut zurück.

„Dann ist ja gut", sagte Bentje und schaute Alrik misstrauisch aus ihren zusammengekniffenen braunen Augen an. „Also, du ziehst dich nackt aus und schlüpfst in mein Fell. Du verwandelst dich dann sofort in einen echten Seehund und kannst fortan die sieben Weltmeere bereisen."

„Als Seehündin oder als Seehund?", fragte Alrik vorsichtig.

„Nein, ich bleibe ein Mädchen und du bleibst ein Junge", knurrte Bentje. „Ich glaube, dass du doch ein Problem damit hast, dass ich ein Mädchen bin."

„Nein, das ist ganz sicher kein Problem für mich! Ich bin dabei!", erwiderte Alrik und klatschte begeistert in die Hände. „So machen wir es, Bentje!"

„Ich bin auch dabei, Alrik!", rief Bentje und streckte Alrik eine Flosse hin. Alrik schlug ein und die beiden trennten sich.

Kurz vor Mitternacht, als im alten Fischerhaus alle tief und fest schliefen, schlich sich Alrik davon. Er stieg ins Boot und fuhr zur Düne hinaus. Bentje wartete schon ungeduldig auf ihn. Als der Vollmond kurz nach Mitternacht hinter ein paar Wolken hervorlugte, schlüpfte Bentje aus ihrem Fell und wurde sofort zu einem Menschen. Bentje war ein hübsches Menschenmädchen mit silberfarbenen langen Haaren, wie Alrik anerkennend feststellte. Er wurde prompt rot, was man im Mondschein aber glücklicherweise nicht sah.

„Was starrst du mich so an?", fragte Bentje.

„Ich starre dich doch gar nicht an", sagte Alrik rasch. Er zog sich aus, gab Bentje seine Sachen und schlüpfte in ihr abgelegtes Seehundfell. Sofort plumpste er unbeholfen als echter Seehund in den Sand.

„Du bist ein hübsches Seehundmännchen, Alrik", sagte Bentje grinsend und wurde dabei ebenso rot wie Alrik vorher, was man aber im Mondschein glücklicherweise nicht sah.

Bentje zog sich Alriks Sachen an und schob wenig später das kleine Fischerboot ins Meer. Sie setzte unbeholfen die Segel und winkte Alrik glücklich zu. Schließlich warf sie die Fangnetze vollkommen verknotet über Bord. Alrik schüttelte den Kopf und robbte mühsam ins Wasser. Dort machte er unbeholfen ein paar Schwimmbewegungen und Tauchversuche.

„So wie du schwimmst, bin ich mir echt nicht sicher, ob du durch die sieben Weltmeere kommst", rief Bentje ihm lachend zu. Alrik öffnete den Mund, um ihr zu antworten und verschluckte sich sofort am Salzwasser. Es folgte ein schlimmer Hustenanfall und erst danach konnte er ihr antworten.

„Und ich bin mir bei deinen unordentlich ausgeworfenen Fangnetzen nicht sicher, ob du wirklich ganz viele Fische fangen wirst", erwiderte er keuchend.

„Mir doch egal, was du denkst!", fauchte Bentje trotzig zurück. „Ich werde Fische fangen!"

„Und mir ist egal, was du denkst!", knurrte Alrik ebenso trotzig. „Ich werde die sieben Weltmeere erreichen!"

Bentje stemmte ihre Hände in die Hüften.

„Und wenn nicht?", fragte sie Alrik herausfordernd.

„Wenn ich es nicht schaffe, füttere ich dich zeitlebens mit den dicksten Fischen, die ich aus dem Meer hole", sagte Alrik ohne lange nachzudenken.

„Und wenn ich es nicht schaffe, versorge ich dich dein ganzes Leben lang mit dem Gold des Meeres", erwiderte Bentje ebenso schnell.

„Du meinst, du tauchst für mich nach Bernstein?", fragte Alrik und machte große Augen.

„Ja", gab Bentje einsilbig zurück.

„Toll! Dann wird es uns gut gehen. Abgemacht!",
sagte Alrik. „Wann treffen wir uns wieder?"

„In einem Monat", sagte Bentje. „Beim nächsten
Vollmond."

„Mach es bis dahin gut!", rief Alrik. Er holte tief
Luft und machte sich mit vorsichtigen Flossenschlägen daran, die sieben Weltmeere zu bereisen.

„Mach du es auch gut!", rief Bentje ihm leise
hinterher und machte sich mit dem Boot in einem
Zickzackkurs auf und davon.

Mit Ebbe und Flut ist das in der Nordsee immer
so eine Sache für sich, und noch viel mehr gilt das
bei Vollmond. Von einem Moment auf den anderen verwandelt sich das ruhige Meer in einer solchen Nacht durch den gewaltigen Gezeitenstrom
in eine kabbelige Wassermasse, in der es munter
auf und ab und ab und auf geht.

Und natürlich kam es in dieser Nacht für Bentje
und Alrik, wie es kommen musste. Das Meer wurde von Minute zu Minute rauer und rauer und zu
allem Überfluss nahm auch noch der Wind zu.

Bentje hatte große Schwierigkeiten, dass kleine Boot im Sturm auf Kurs zu halten. Es ging heftig hoch und runter und in der Mitte der Nacht hatte sie noch keinen einzigen Fisch gefangen. Sie war nass bis auf die Knochen und hungrig und müde. Nicht weit vom Boot entfernt erblickte sie glücklicherweise die schönste Düne, die sie je in ihrem Leben gesehen hatte. Sie riss das Steuer herum und nahm Kurs auf das kleine Eiland.

Alrik hatte unterdessen große Schwierigkeiten, sich in den dunklen Tiefen des Meeres zu orientieren. Er geriet zuerst in flaches Wasser und im nächsten Moment riss ihn in eine kräftige Strömung in die Tiefe. Ihm verging Hören und Sehen und er hatte an der Entdeckung der sieben Weltmeere keinen rechten Spaß mehr. In der Mitte der Nacht war ihm speiübel von dem vielen auf und ab in der Strömung. Er tauchte auf und nicht weit von sich entfernt erblickte er die schönste Düne, die er je in seinem Leben gesehen hatte. Er nahm Kurs auf das kleine Inselchen.

Mit letzter Kraft schleppten sich Bentje und Alrik müde auf den Strand der Düne. In der Mitte des Strandes stießen sie schließlich zusammen.

„Was machst du denn hier?", fragte Bentje überrascht und klapperte vor Kälte mir den Zähnen. „Hast du die sieben Weltmeere gesehen?"

Alrik antwortete ihr nicht sofort. Er kratzte sich gemütlich mit einer Flosse am Bauch, drehte sich dann mühsam auf den Rücken und blickte versonnen den Vollmond an.

„Oh, es war toll!", flüsterte er endlich. „Ich wurde auf einer sanften Strömung durch alle sieben Weltmeere getragen. Und wie war es bei dir, Bentje?"

Bentje wischte sich eine triefnasse Haarsträhne aus dem Gesicht. Sie legte sich auf den Rücken neben Alrik und blickte versonnen den Vollmond an.

„Oh, es war toll!", erwiderte sie leise. „Ich habe bei einem lauen Lüftchen und bei ruhiger See ganz viele Fische gefangen."

Bentje und Alrik nickten sich lächelnd zu und seufzten zufrieden im Chor. Dann schwiegen sie für eine Weile.

„Du, Bentje?", fragte Alrik nach ein paar Minuten und drehte sich auf den Bauch.

„Was denn?", erwiderte Bentje leise und drehte sich ebenfalls auf den Bauch.

„Du, ich habe auf den sieben Weltmeeren so viele Abenteuer erlebt, dass ich gerne meiner Familie davon berichten würde. Wollen wir wieder tauschen?"

Bentje nickte.

„Du, ich habe als Fischerin so viele Fische gefangen, dass ich gerne den anderen Seehunden davon erzählen würde. Ich bin dafür, dass wir ganz schnell wieder tauschen", sagte sie.

„Dann los!", rief Alrik und schlüpfte ruckzuck aus Bentjes Seehundfell. Sofort verwandelte er sich zurück in einen Menschen. Er hielt das Fell Bentje entgegen und kniff seine Augen ein wenig zusammen, als sie seine Sachen auszog und wieder in ihr Fell stieg. Sie verwandelte sich sofort in ein hübsches Seehundmädchen zurück und stürzte sich unverzüglich in die Fluten.

Alrik zog seine nassen Sachen an und schob sein kleines Fischerboot vom Strand ins Wasser. Er setzte gekonnt die Segel und ließ noch gekonnter die Fangnetze ins Wasser. Bentje schwamm zu ihm heran und Alrik winkte ihr fröhlich zu.

„Nachher bin ich wieder hier, Bentje", rief er ihr zu. „Ich fange dir jetzt die größten Fische, die du je gesehen hast. Und den ollen Möwen geben wir nichts davon ab."

Bentje prustete fröhlich.

„Danke, Alrik!" rief sie. „Ich bin nachher auch wieder hier. Ich hole dir jetzt die tollsten Bernsteine vom Meeresgrund."

„Ach, wie gut, dass niemand von uns verloren hat", seufzte Alrik glücklich und drehte bei. „Sonst müsste einer von uns jetzt auf das Geschenk des anderen verzichten."

„Ja, wie gut, dass niemand von uns verloren hat", rief Bentje zurück und verschwand unter Wasser.

Alrik fuhr in den Sonnenaufgang hinein, und fing an diesem Morgen ganz viele Fische. Bentje machte sich mit kräftigen Flossenschlägen daran, auf dem Grund des Meeres die größten Bernsteine zu sammeln, die sie finden konnte.

So kam es, dass Alrik und Bentje – zumindest eine halbe Nacht lang – die glücklichsten Lebewesen auf der Welt waren, bevor sie später noch viel glücklicher wurden. Sie fischten nämlich noch viele Jahre gemeinsam nach dicken Fischen und noch viel dickeren Bernsteinen. Und wenn sie nicht gestorben sind, sieht man sie noch heute auf der schönsten Düne der Welt gleich neben Helgoland…

Meine Geschichte: Behutsam korrigierte Fassung meines Beitrags zum Helgoländer Schreibwettbewerb 2017; Platz 7)

(Klippenrand – Helgoland; ©C.R.-M.)

Sámos

Morchelmord

Marinakis ließ den Streifenwagen am Ende der Vlamaris-Straße, die auf keinen Fall mit der Vlamari-Straße verwechselt werden durfte, stehen und ging zu Fuß die letzten Meter durch die verwinkelten Gassen von Vathy zur Ikárou-Straße Nummer 36, die zum Glück nicht verwechselt werden konnte, weil es keine weitere Gasse mit diesem oder einem ähnlichen Namen gab.

Die wie Ziegendärme wild ineinander verknäulten Sträßchen in diesem Teil von Sámos-Stadt waren nicht nur eng, sondern auch extrem steil, was das Vorankommen des Kommissars erheblich beeinträchtigte und ihn zweimal zum Einhalten einer kurzen Rauch- und Verschnaufpause zwang.

Da der Ausblick auf den sonnenbeschienenen Hafen der Inselhauptstadt und die weitläufige Bucht mit ihrem türkisfarbenen Wasser allerdings bei jedem seiner kurzen Boxenstopps atemberaubend war, fühlte er sich in seiner persönlichen Freiheit nicht wirklich eingeschränkt. Marinakis keuchte trotz – oder aufgrund? – der vielen Pausen dennoch wie ein Walross, als er endlich am Einsatzort eintraf.

„Und? Was denken Sie?", fragte er den Gerichtsmediziner prustend.

Doktor Vavaresos stand mit verschränkten Armen und mit dem Rücken zu einer Polizeiabsperrung mitten auf der Gasse und belächelte die Ankunft des schnaubenden Kommissars lächelnd.

„Was ich denke?", gab er zurück. „Sie haben von allem zu viel, nur von Sport zu wenig."

„Wie bitte?", schnappte Marinakis.

"Sie rauchen zu viel, Sie trinken zu viel Ouzo beim Musizieren und vor allem essen Sie zu viele Souvlaki vom Grill Elliniko bei Ihnen um die Ecke!"

„Pah, ich bin bestens in Form und stehe in der Blüte meines Lebens!", schimpfte Marinakis aufgebracht und noch immer völlig außer Atem.

„Ja, Ihre Formen sind unübersehbar und die Blüte Ihres Lebens hat die Ausmaße eines gewaltigen Seerosenblattes."

„Hallo, hallo! Ich bin 46 Jahre alt, wiege 85 Kilogramm und bin 1,78 Meter groß. Mein BMI liegt bei 26,8 und heute ist Freitag… Ich fühle mich also sehr gut!"

„Sie brauchen dringend eine Frau, die Ihnen abends was Vernünftiges kocht, Marinakis", antwortete der Gerichtsmediziner mit Blick auf Marinakis beginnenden Bierbauch.

„Ich wusste gar nicht, dass Sie eine derart chauvinistische Einstellung haben, Vavaresos."

„Sie wissen, was ich meine", erwiderte der Gerichtsmediziner.

„Ach, weiß ich das?"

„Ja... Aber ich gebe Ihnen Recht,", fügte der Doktor grinsend hinzu. „Tun wir das mit Ihnen einer

Frau nicht an. Lernen Sie lieber kochen und bleiben Sie Single!"

„Ich bin nicht fett, falls Sie das eben andeuten wollten."

„Sie schnaufen wie Charybdis und Skylla aus dem Odysseus-Epos... Die BMI-Grenze liegt in Ihrem Alter übrigens bei 27 und außerdem ist heute erst Donnerstag", stellte der Gerichtsmediziner fest.

„Und wenn schon… Was machen Sie eigentlich hier an meinem Einsatzort, Doktor? Gibt es ein zu sezierendes Todesopfer, von dem ich nichts weiß? Als ich vom Präsidium losfuhr gab es nämlich noch keine Todesopfer."

„Tja, Sie sind halt nicht der Schnellste... Aber nein, Herr Kommissar, ich wohne im Haus nebenan. Ich war gerade einkaufen und darf jetzt nicht in meine Wohnung zurück. Ihre Jungs hindern mich daran."

„Oh, das tut mir aber schrecklich leid, Vavaresos", stichelte Marinakis. „Sie wollten bestimmt was Gesundes kochen, oder?"

„Sie können mich mal, Marinakis!", ätzte der Arzt. „Wollen Sie einen Joghurt oder ein Stück Ziegenkäse? Das wird mir bei der Hitze sonst alles schlecht."

„Nein, danke. Nicht vor dem Mittags-Ouzo", gab Marinakis zurück und warf einen Blick auf seine beginnende Wampe und auf seine Armbanduhr. Es war kurz vor 12 Uhr mittags. „Oh, ist ja bald soweit."

„Dann eben nicht... Was machen Sie eigentlich hier, Marinakis? Als ich zum Einkaufen ging, waren Sie noch bei der Kriminalpolizei und bei der Mordkommission. Gibt es mittlerweile ein Mordopfer, das ich nachher, parallel zu meinem frugalen Mittagsmahl, auseinandernehmen muss?"

„Nein, mir wurde bislang nur eine Geiselnahme gemeldet", antwortete Marinakis.

„Und was machen Sie dann hier?"

„Ich bin heute leider der einzige Kriminalbeamte auf dem Revier. Kostas hat frei und da...“

„Oh, das tut mir schrecklich leid, Marinakis.“

„Ja, Sie mich auch, Vavaresos. Kommen Sie mit! Ich will wissen, was los ist.“

Der Kommissar trat an die Polizeiabsperrung heran und winkte einen uniformierten Beamten zu sich heran.

„Guten Tag, Teris.“

„Guten Tag, Herr Kommissar.“

„Was ist hier los? Geben Sie mir bitte einen kurzen Lagerbericht.“, bat Marinakis.

„In dem Haus Nummer 36 hat man den Wohnungsinhaber überfallen und als Geisel genommen, Herr Kommissar“, berichtete der Angesprochene.

„Das weiß ich bereits... Gibt es irgendwelche Forderungen? Einen Hubschrauber? Ein Boot? Ein Auto? Geld? Die Freilassung von inhaftierten Terroristen oder gar die Auslieferung des türkischen Präsidenten an das griechische Volk? “

„Nein, Herr Kommissar. Kein Geld oder so… Außer… Sie will…", stotterte der Uniformierte.

„Aha, also doch ein Gespräch mit dem türkischen Präsidenten…", sagte Marinakis grinsend zu Vavaresos und unterbrach mit seiner Bemerkung den Polizeibeamten in dessen Ausführungen. „Kennen Sie den Überfallenen, Doktor? Er ist ja schließlich ihr Nachbar."

„Ja", sagte der Gerichtsmediziner einsilbig

„Ja, und? Was können Sie mir zu dem Mann sagen?", fasste Marinakis nach.

„Der Mann heißt Dimitris Potamitis", antwortete Vavaresos und ließ den Namen des Mannes bedeutungsschwanger in der flirrenden Hitze schweben.

„Sollte ich den Typen kennen?", fragte Marinakis genervt.

„Machen Sie Ihre Hausaufgaben nicht, Herr Kommissar?", ätzte der Doktor. „Dimitris Potamitis stand vor einem halben Jahr wegen Vergewaltigung in Thessaloniki vor Gericht."

„Thessaloniki liegt nicht ganz in meinem Zuständigkeitsgebiet, Doktor."

„Mag schon sein, aber die unschöne Sache ging durch die Presse... Na, wie auch immer… Herr Potamitis wurde freigesprochen. Es gab zahlreiche Proteste gegen den Richterspruch, aber wen juckt das in Griechenland? Ich sehe den Kerl kaum."

Marinakis nickte und wandte sich wieder an seinen uniformierten Kollegen.

„Hast du etwas mehr für mich, Teris? Wer ist der Geiselnehmer?"

„Nun, wir haben es mit einer Geiselnehmerin zu tun, Herr Kommissar", erwiderte der Beamte.

Marinakis stieß einen erstaunten Pfiff aus.

„Na, das ist doch mal was! Eine Geiselnehmerin... Und die Frau hat absolut keine Forderungen gestellt, Teris. Wow!"

„Doch, Herr Kommissar! Sie haben mich eben unterbrochen... Die Frau will mit Ihnen sprechen!"

„Ach, was!", sagte Marinakis erstaunt. „Sie will mit mir sprechen? Warum? Kennt Sie mich?"

„Ja, sie sagt, sie kennt Sie aus Ihrer Zeit in Athen aus der Zeitung und sie hat Vertrauen in Ihre Fähigkeiten."

„Aber keine Menschenkenntnis…", raunte der Gerichtsmediziner dem Streifenpolizisten zu und erntete einen vernichtenden Blick von Marinakis.

„Okay, ich werde gleich ins Haus gehen und mit der Frau reden… Lassen Sie aber vorher den Doktor kurz in sein Haus. Der hat Käse und Joghurt dabei. Das Zeug fliegt uns hier in der Sonne sonst in ein paar Minuten um die Ohren."

„Aber. Der Bereich ist gesperrt… Auch für den Doktor."

„Kein aber, Teris… Lass' den Doktor kurz durch. Der ist eine tickende Bio-Bombe."

„Jawohl, Herr Kommissar."

„Danke, Teris, du rettest uns allen das Leben", lachte Marinakis.

„Danke, Marinakis", sagte der Gerichtsmediziner hörbar aufatmend. „Das mit der Bio-Bombe kriegen Sie aber zurück… Nämlich dann, wenn Sie selbst geplatzt sind!"

„Quatsch! Los, jetzt! Gehen Sie zügig ins Haus, schmeißen das Zeug in den Kühlschrank und seien Sie in drei Minuten wieder hier draußen bei mir! Ich brauche Sie hier draußen nachher vielleicht noch. Sie sind schließlich Arzt… Vielleicht müssen Sie Ihre ärztlichen Fähigkeiten heute ausnahmsweise mal an einem lebenden Objekt anwenden."

*

Eine viertel Stunde später stand Marinakis – er war unbewaffnet und nur noch mit Shorts und Socken bekleidet – einer ausgesprochen hübschen Geiselnehmerin im kleinen Schlafzimmer von Dimitris Potamitis gegenüber.

Der schwergewichtigen Geisel, die gefesselt und völlig nackt auf ihrem Bett lag und leise vor sich hin wimmerte, war der groteske Anblick, den der Kommissar bot, völlig egal.

Dimitris Potamitis dachte ganz sicher nur an den weiteren Verlauf seines Lebens und an seinen gegenwärtigen Gesundheitszustand – das Gesicht und der Genitalbereich von Herrn Potamitis waren über und über mit Blut verschmiert!

„Heiliges Kanonenrohr!", entfuhr es dem Kommissar unwillkürlich.

Die hübsche Geiselnehmerin, der Potamitis seinen desolaten Zustand zu verdanken hatte, saß hingegen völlig gelassen am Kopfende und hielt dem Unglücklichen ein blutverkrustetes Nudelholz an die Stirn. Weit und breit war keine andere Waffe zu sehen.

„Wenn Sie mich meinen, Herr Kommissar, nehme ich das als Kompliment", entgegnete die Frau.

„Sie sollten besser dem Mann den Knebel aus dem Mund nehmen", forderte Marinakis. „Andernfalls könnte er ersticken und das würde sich vor Gericht nicht gut machen."

„Nein, das werde ich nicht tun! Der Kerl redet ohne den Knebel im Maul nur dummes Zeug und heute will ausnahmsweise einmal ich zu Worte kommen", erwiderte die Geiselnehmerin mit bebender Stimme und betrachtete Marinakis ausführlich von oben bis unten.

„Wie heißen Sie?", fragte der Kommissar, um die Aufmerksamkeit der Frau auf etwas anderes zu lenken, als auf die knubbeligen Stellen seines Körpers.

„Ich heiße Despina Nikolaou, Herr Kommissar. Sagt Ihnen mein Name etwas?"

„Nein, sollte mir Ihr Name denn etwas sagen?"

„Ich bin die Mutter von Eleni Nikolaou."

„Es tut mir leid, aber auch dieser Name sagt mir nichts."

„Das ist sehr schade, Herr Kommissar."

„Was kann ich für Sie tun, Despina? Ich darf doch Despina zu Ihnen sagen, oder? Darf ich Sie duzen? Ich heiße Evangelos."

„Sehr gerne… Evangelos", flötete die Frau.

„Ähm… Also, Despina, was kann ich für dich tun. Ich höre dir zu."

„Der Drecksack hier hat eine junge Frau vergewaltigt und ist straffrei davongekommen", zischte

Despina. „Das Schwein hat meine Tochter Elini vergewaltigt, Evangelos!"

„Das wusste ich nicht", erwiderte Marinakis erschüttert.

„Ja, der ehrenwerte Richter hat ihn mit „Augen-maß", wie er es bei der Urteilsverkündung nannte, nur zu zwei Jahren Knast verurteilt… Die zwei Jahre darf er übrigens mit fünf Euro am Tag abgel-ten."

„Ich verstehe…", sagte Marinakis.

„So, du verstehst das? Ich verstehe das nicht, Evangelos! Bei uns in Griechenland bekommt ein Beamter für Unterschlagung dreimal Lebenslang aufgebrummt und noch 69 Monate oben drauf und eine hohe Geldstrafe dazu."

„Ich kenne diesen ungewöhnlichen Fall, Despina. Der Beamte war aber nicht etwa Robin Hood, auch wenn er gerne so dargestellt wird. Der Typ hat sich neun Millionen Euro unter den Nagel gerissen und gelebt wie Gott in Frankreich."

„Na, und wenn schon! Der Mann hatte eine krebskranke Tochter und kein Geld für die Behandlung. Er hat lediglich Geld in seine Tasche umgeleitet, das ungeschützt rumschwirrte. Wenn der Staat seine Kohle nicht schützen kann... Das ist zwar nicht erlaubt, aber der Kerl hat andererseits auch niemanden um die Weihnachtsgeschenke für die Kinder gebracht. Was man von unserer Regierung und der EU nicht behaupten kann."

„Tja, willkommen in Griechenland, Despina. Und herzlich willkommen in Europa…"

„Ach, hör mir damit auf! Die Unfähigkeit unserer Politiker kann doch keine Erklärung dafür sein, warum üble Menschen, die grob fahrlässig einen Diskothekenbrand mit über 30 Toten auslösen, bei uns im Land 10 Jahre Knast kriegen und die Strafe mit Geld abgelten können, wenn sie denn welches haben."

„Ja, auch diesen Fall kenne ich. Die Verursacherin eines Waldbrandes musste aber sehr wohl in den Knast, Despina."

„Nein, die Frau hat zum Glück nur Hausarrest bekommen."

„Zum Glück?", fragte Marinakis nach.

„Ja, die Frau ist 84 Jahre alt und dement! Die Frau hätte freigesprochen werden müssen. Gnädigerweise bekommt sie Hausarrest und sie bekommt die Strafe aufgebrummt, weil sie die Kohle zum Freikaufen nicht hat!"

„Okay, da läuft was falsch...", räumte Marinakis ein. „Unser Gespräch führt aber zu nichts, Despina. Wir müssen uns auf deine aktuelle Situation konzentrieren, okay?", versuchte Marinakis einzulenken. Mit Erfolg, denn Despina Nikolaou nickte und deutete mit einer vagen Handbewegung auf den gefesselten Mann neben ihr.

„Dieser Mistkerl sitzt nicht einen Tag lang im Bau, während meine Tochter Stunde um Stunde unter den Folgen der Vergewaltigung zu leiden hat… Sie musste sogar ihr Studium abbrechen und lebt nun bei meinem Bruder in Australien."

„Okay, Despina, dir und deiner Tochter ist ein gewaltiges Unrecht geschehen, aber… Willst du Rache? Ist es das?"

„Vielleicht…", entgegnete sie und lächelte Marinakis dabei vielsagend an.

„Mein Gott, Despina, du bist höchstens Ende 30 und hast eine Tochter, die deine Hilfe braucht. Willst du ihr das wirklich antun?",

„Danke für das Kompliment. Ich bin bereits 43 Jahre alt, Evangelos. Ich bin also mehr in deinem Alter. Ich gebe dir nachher gerne meine Telefonnummer… Ich tue meiner Tochter übrigens rein gar nichts an."

„Bist du dir da sicher? Du kommst für die Geiselnahme ganz sicher vor Gericht, Despina. Und du musst möglicherweise in den Bau, weil du vielleicht auch keine Kohle für das Freikaufen hast. Und dieser Mistkerl da wird dann immer noch frei sein!"

„Vielleicht…", gab sie erneut vielsagend lächelnd zurück.

„Ich sage es dir nur ungern, aber deine Telefonnummer wird mir nichts nützen, auch wenn sie mich interessieren würde... Du wanderst nämlich für lange Zeit in den Knast!"

Despina Nikolaou lächelte Marinakis milde an.

„Der Dreckskerl bekommt seine gerechte Strafe ganz sicher noch! Mach' dir darum mal keine Sorgen."

„Das mache ich mir nicht!", gab Marinakis zurück. „Ich mache mir im Augenblick mehr Sorgen um dich und um deine Tochter!"

„Hach, das ist aber lieb von dir. Du musst dir aber keine Sorgen um mich machen... Du wirst vielleicht ein halbes Jahr auf einen Anruf von mir warten müssen. Aber dann können wir uns treffen."

„Das werden wir sehen, Despina", erwiderte Marinakis leise. „Was ist hier eigentlich passiert? Bitte erzähle mir die Geschichte von Anfang an und dann suchen wir nach einer gemeinsamen Lösung."

„Gerne, Evangelos… Willst du eine Zigarette? Da liegen welche auf dem Nachttisch."

„Nein, danke, ich rauche nicht mehr. Hat mir mein Arzt gerade eben verboten..."

„Gibst dann du wenigstens mir Eine?"

Marinakis nickte. Er nahm die Schachtel und ein kleines Einwegfeuerzeug vom Tisch und hielt Despina die Packung hin. Sie nahm eine Zigarette heraus und er gab ihr Feuer. Despina inhalierte den Rauch tief, bevor sie weitererzählte.

„Ich werde dieses selbstgefällige Grinsen von dem Mistkerl nach dem Urteil nie mehr vergessen, Evangelos. Ich werde auch den Geruch seines aufdringlichen Rasierwassers nie mehr vergessen. Riechst du das Zeug? Es riecht in der ganzen Wohnung danach."

„Ja, das Stinkewässerchen ist zugegebenermaßen ein wenig zu süßlich für meinen Geschmack."

„Diesen unerträglichen Duft musste meine Kleine in den grauenhaften dreißig Minuten riechen, in denen sich das Schwein schwitzend auf ihr abgearbeitet hat."

„Du machst dir das Leben wirklich unnötig schwer, Despina."

„Soll ich dir verraten, warum das Urteil gegen Dimitris Potamitis so milde ausgefallen ist?"

„Das ist einfach. Ich kenne unsere Gerichte... Der Kerl hat die Tat gestanden, richtig?"

„So ist es! Ohne das Geständnis hätte es für ihn keine Bewährung gegeben. Zusätzlich zum Geständnis wirkte sich strafmindernd für ihn aus, dass er bis zu der Tat ein weitgehend straffreies Leben geführt hatte."

„Ja, klar. So läuft das vor Gericht, Despina. Man nennt das einen Deal."

„Verdammter Dreck! Ein Deal? Eine Vergewaltigung ist doch kein Kavaliersdelikt, den man auf dem Basar verhandelt, oder?"

„Nein, ganz sicher nicht, Despina. Da bin ich bei dir. Aber so sind die Regeln vor Gericht..."

„Der Drecksack hat meine Tochter vergewaltigt! Der Typ wiegt über 100 Kilo und meine Eleni hat gerade einmal die Hälfte auf den Rippen. Was hätte denn passieren müssen, damit das Schwein im Bau verschwindet?", fauchte Despina und stieß Potamitis das Nudelholz unsanft in die Rippen. Der Mann, der sich in den letzten Minuten etwas beruhigt und mit hin und her rasenden Augen zugehört hatte, begann erneut zu wimmern.

„Lass' ihn bitte in Ruhe", sagte Marinakis streng. „Der Typ sieht bereits schlimm genug aus… Was hast du mit ihm gemacht?"

Despina grinste breit.

„Ach, nix Schlimmes… So ein Nudelholz ist echt eine feine Sache, Evangelos. Solltet ihr euch bei der Polizei auch zulegen."

„Wie bis du hier reingekommen?"

„Der Mistkerl hat auf mein Klopfen hin die Tür aufgemacht und ich hab' ihm mit dem Ding direkt eins über die Rübe gezogen."

„Und das Blut da unten?", hauchte Marinakis und schluckte schwer. „Hast du ihm etwa… und seine Eier… Hast du?"

„Ob ich Ihn entmannt habe, willst du wissen?"

„Ja. hast du?"

„Klar!", sagte Despina hässlich auflachend. „Und ich habe ihm sein Gehänge danach zum Essen gegeben!"

„Scheiße!", fluchte Marinakis. „Das ist gar nicht gut. Wir brauchen dringend einen Arzt."

„Quatsch mit Soße, Evangelos!", lachte Despina jetzt herzhaft. „Der Mistkerl braucht keinen Arzt! Wo denkst du hin, Evangelos? Ich bin doch nicht blöd!"

„Nicht?", fragte Marinakis zaghaft.

„Nein! Die Richter kriegen mich vielleicht wegen der Sache mit dem Nudelholz und wegen Freiheitsberaubung dran, aber nicht wegen mehr."

„Aber woher kommt dann das viele Blut im Bett, Despina."

„Och, ich hab' beim Metzger ein paar blutige Hammelhoden, einen halben Liter Ochsenblut und frische Morcheln gekauft. Das Blut habe ich über sein Gesicht und seine Eier gegossen und ihm in die Fresse geschmiert."

„Oh, Gott!", rief Marinakis erleichtert aus.

„Du hättest sein Gesicht sehen sollen, als er aufwachte… Unbezahlbar! Vor allem, als ich ihn mit etwas Nachdruck bat, die Hammelklöten und die frischen Morcheln zu schlucken", gluckste Despina vor Vergnügen. „Und er dachte die ganze Zeit, er frisst seinen Schwanz! Geil, oder?"

„Das ist nicht geil", erwiderte Marinakis mit verzerrter Miene. Er verspürte plötzlich ein unangenehmes Ziehen in der Leistengegend.

„Ja, das gefällt dir als Mann ganz sicher nicht! Können wir jetzt endlich gehen, werter Herr Kommissar? Die Sache hier ist zu Ende. Ich will in den Knast, dann vor Gericht kommen und meinen Freispruch und danach ein Date mit dir."

„Ja, wir können gehen, Despina. Du bist verhaftet... Das mit dem Freispruch und dem Date... Nun, harren wir der Dinge", sagte Marinakis leise.

*

Zwei Monate später...

Marinakis wollte gerade nach Hause gehen, als das Telefon auf seinem Schreibtisch klingelte.

„Ja, bitte?"

„Hallo, Marinakis. Haben Sie die Sache mit Ihrer hübschen Geiselnehmerin schon gehört?"

„Hallo, Doktor. Sie reden von Despina? Welche Sache? Was ist passiert?"

„Ihre Despina hat, dank ihres umfassenden Geständnisses, vom Schnellgericht nur ein halbes Jahr aufgebrummt bekommen. Die Strafe kann sie übrigens mit fünf Euro am Tag abgelten."

„Sachen gibt es, Doktor! Es geht wirklich vor Tag zu Tag mehr bergab mit unserer Rechtsprechung", sagte er lachend. „So kommt man bei uns davon."

„Da sagen Sie was, Marinakis! Und ein Beamter, der neun Millionen unterschlagen hat, der kommt…"

„Ja, ja… Ich kenne den Fall, Doktor!", unterbrach Marinakis den Doktor. „Fangen Sie nicht auch noch damit an."

„Schon gut… Strafmindernd wirkte sich übrigens Despinas Geständnis aus und ihr bislang straffreies Leben und die Tatsache, dass Sie dem Opfer lediglich mit Blut verschmiert und ihm zwei Hammelklöten und frische Morcheln verabreicht hat… und nicht Potamitis Genitalien."

„Ja, Despina hatte ihren Plan halt gut durchdacht…", sagte Marinakis versonnen und fragte sich grade, ob sie sich jetzt tatsächlich bei ihm melden würde und wenn ja, was er nach ihrer Freilassung wohl mit ihr unternehmen würde.

„Sind Sie noch dran, Marinakis?"

„Ja", gab er einsilbig zurück.

„Woran denken Sie gerade?"

„Ob Despina kochen kann. Ich habe noch immer keinen Kochkurs gemacht, Doktor."

„Das sollten Sie sich vielleicht besser nicht wünschen, Marinakis."

„Warum nicht, Doktor?", fragte der Kommissar erstaunt. „Despina lässt sich bestimmt was einfallen, wenn es ums Essen geht. Da hat sie ja Erfahrung..."

„Eben! Und genau, das ist das Problem.!"

„Das ist ein Problem? Warum?", fragte Marinakis erstaunt.

„Glauben Sie, dass es so etwas wie eine höhere Gerechtigkeit gibt, Marinakis?"

„Wie kommen Sie jetzt darauf, Doktor?"

„Nun, der werte Herr Potamitis ist in der vergangenen Woche an einer mysteriösen Infektion erkrankt, die mittlerweile zu einer Hirnschwellung geführt hat. So wie es derzeit aussieht, wird er die nächsten Tage nicht überleben."

„Ach, Sachen gibt es!"

„Ja, Sachen gibt es. Wussten Sie eigentlich, dass es in Australien eine Schneckenart gibt, die den seltenen Ratten-Lungenwurm in sich trägt?"

„Nein, das wusste ich bis eben nicht. Was hat das mit mir und Despina zu tun?"

„Dann wussten Sie sicher auch nicht, dass eine solche Schnecke im Rohzustand einer Morchel zum Verwechseln ähnlichsieht?"

„Ähm, nein…", sagte Marinakis betont langsam und gleichzeitig begann ein dezenter Verdacht in ihm zu keimen. „Und wenn man eine solche Morchel, äh, Schnecke isst, oder zu essen bekommt?"

„Ja, dann... Dann ereilt einen ein langsamer und qualvoller Morchelmord, sorry, ich meinte natürlich Meuchelmord."

„Verdammt!", entfuhr es Marinakis.

„Sie sagen es... Man bekommt nach dem Genuss der Tierchen nach ein paar Tagen eine Hirnschwellung und geht unweigerlich in die ewigen Jagdgründe ein. Wie gefällt Ihnen diese Antwort?"

„Das ist Dimitris Potamitis passiert, oder?"

„Genau! Dimitris Potamitis hat eine solche Infektion."

„Aber wie konnte Despina hier in Griechenland an die Viecher herankommen?"

„Tja, Australien ist weit weg, Marinakis. Aber das sind die oft gepriesenen Vorzüge der Globalisierung und der Post. Despinas Tochter lebt in Australien..."

„Scheiße, ich bin gegen die Globalisierung!", keuchte Marinakis entsetzt.

„Ich auch! Machen Sie es gut. Ich muss einkaufen. Ich will nachher asiatisch kochen und mir sind die Morcheln ausgegangen. Bis neulich, Marinakis", lachte der Doktor und legte auf.

Marinakis starrte noch nach einer halben Minute nachdenklich auf den Hörer in seiner Hand, als auf dem Display seines Mobiltelefons, das vor ihm auf dem Schreibtisch lag, plötzlich eine Nachricht aufpoppte.

„Hallo Evangelos! Ich bin frei! Ich fliege Ende der Woche zu meiner Tochter. Kommst du zum Essen und

zum Kaffee danach…? Magst du eigentlich chinesisches
Essen? Ich mache eine knusprige Ente mit Morcheln.
Melde dich bei mir! Liebe Grüße Despina."

Der Kommissar löschte zuerst die Nachricht vom
Display, dann die Nummer von Despina aus sei-
nem Handy und schließlich auch das Licht im
Büro.

(Aus die Maus – Pythagório,Sámos; ©H.M.)